LE
TEMPLE
DE
L'HYMEN.

LE TEMPLE DE 'L'HYMEN,

DÉDIÉ A L'AMOUR.

.... Purâ cum mente venite.
Tibule.

Suivi d'une Anecdote véritable.

A GENEVE,

& se trouve

A PARIS,

Chez ROSET, Libraire, à la Rose
d'Or, rue & vis-à-vis l'Eglise
des Cordeliers.

M. DCC. LXXI.

EPITRE

DÉDICATOIRE,

A L'AMOUR.

LE TEMPLE de L'HYMEN n'a pas toujours été le tombeau de L'AMOUR. L'AMOUR partagea autrefois la gloire de L'HYMENÉE; & L'HYMENÉE, les plaisirs de l'AMOUR. Ces deux Divinités, aujourd'hui rivales, étoient alors amies.

CE souvenir te rapelle tes beaux jours, ô AMOUR!...Tous ne sont pas encore passés pour toi : il est des cœurs qui sçavent encore aimer. Ecoute les vœux du mien, &....

MAIS quel objet, quelle Divinité se présente à moi ? Mes yeux ne peuvent soutenir l'éclat des siens. Elle sourit toujours : que ce sourire a de charmes !... Sur son front quel air aimable ! quelle douceur dans ses traits ! Ah ! qu'elle doit avoir une belle ame !... Elle a jettée la vue sur moi ; & paroît embarrassée : elle baisse son visage : que de choses touchantes s'y passent en même tems ! ses traits deviennent encore plus.

doux : ſes yeux ſont moins brillans ; mais que cette langueur intéreſſe bien davantage ! comme la pourpre de la pudeur le diſpute, l'emporte enfin ſur les roſes de la beauté ! ... Elle s'approche plus près de moi.... Cette taille ? Qu'elle a de fineſſe ! Cette démarche ? Qu'elle eſt noble ! Ce geſte ? C'eſt celui des Graces. J'apperçois ſa main : elle fixe ſes regards ſur moi & les détourne enſuite ſur cette belle main. Lit-elle dans ma penſée ? Si j'oſois. ... Quel ſon de voix m'arrête, m'enchante, me tranſporte ? Comme tu t'agites, mon cœur ! *Tu veux te détacher de moi : te voila déja fur mes lévres : tu n'y eft plus : tu voles fur celles qui viennent de t'émouvoir fi délicieufement. Tu fais plus encore ; tu paffes jufqu'au cœur de qui partent ces fons. C'en eft fait : tu n'es plus à moi : tu es tout à lui : tu te transformes en lui-même.*

JE te reconnois : AMOUR. *C'eft toi, fous la figure de* ROSE, *c'eft toi qui te rend à mes vœux... Accepte donc la* DÉDICACE *de ce* TEMPLE. *Fais-en le tien : il en eft digne. Sans autres ornemens que ceux qu'elles portent tou-*

jours avec elles ; la Candeur, la Sensibilité l'ont élevé sous tes auspices & pour ton plus beau séjour. Viens y entrelacer tes bras avec ceux de L'HYME-NÉE.... Ces liens, seuls, peuvent captiver le Bonheur.

PRÉFACE.

C'est l'office des *Gens de Bien* de peindre la *Vertu* * la plus belle qui se puisse.

MONTAGNE.

---

* La *Vertu* a tant de peine à se faire aimer !

LE TEMPLE

DE

L'HYMEN.

§. I.

Plusieurs de mes semblables se dépouilleroient volontiers de leur biens pour acquérir un ami. Ils se croiroient, avec raison, beaucoup plus riches qu'auparavant.... Un autre trésor, bien plus précieux & non moins rare, est l'objet de tous mes desirs. Je donnerois la moitié de mes jours pour posséder pendant l'autre moitié une digne épouse.

A

Je mourrois plutôt ; mais je mourrais content : j'aurois vécu heureux.

Si mes vœux peuvent être remplis.... Hâtes-toi , Tems fortuné, qui dois me procurer ce bonheur... Goutons-en déja les prémices en nous efforçant d'en connoître le prix.

Aimable Génie, qui prêtas, autrefois, ton pinceau délicat & tes couleurs douces & naturelles à l'inimitable *Virgile* (*a*) & qui les a confiés, de nos jours, au tendre (*b*) *Geſſner.* Toi, qui ne dédaignas pas de dérider pour quelques inſtans le

____

(*a*) Qui ne connoit pas ſes Bucoliques & ſes Georgiques ?

(*b*) M. *Geſſner*, Poëte Suiſſe , Auteur d'un Recueil de bonnes Idyles, du Poëme de la mort d'Abel , & d'autres Ouvrages que nous admirons, même dans leur traduction. Que le Ciel prolonge ſes jours ! ils ſont précieux, puiſqu'il les conſacre à la vertu & aux ornemens dont elle a beſoin pour être goutée,

front auſtère du ſage *Monteſquieu* ;
(*a*) inſpire-moi auſſi cette élé-
gante ſimplicité, qui touche ſi bien
les cœurs dans leurs écrits. Que je
puiſſe peindre ici tous tes charmes,
vertueux HYMEN ; & rallumer, à
ton flambeau, le gout preſqu'é-
teint (*b*) des choſes honnêtes &
des plaiſirs innocens !

LE Génie aimable que j'invoque,
c'eſt toi, ROSE. Une autre toi-même
inſpiroit ſans doute le Poëte de
Mantoue , & conduit encore aujourd'hui la main de l'heureux (*c*)
Helvétien. O, ma bien aimée ! ou-
vre-moi ton cœur, Il eſt ſi pur ! il

(*a*) Le Philoſophe *Monteſquieu* eſt l'Auteur du
Temple de Gnide. Les ames fortes ſont, auſſi, ſenſibles.

(*b*) Je ne dis, ſans doute, rien de trop.

(*c*) *Voyez* ce qui précede ſon Poëme paſtoral
intitulé : *Daphnis*.

A ij

eſt ſi tendre ! il doit être un jour le digne TEMPLE DE L'HYMEN. Que j'admire les beautés que ta modeſtie ſévere y tient ſi ſoigneuſement cachées ! alors je peindrai d'après la nature. Quel tableau ! ſi je réuſſis.

DÉTOURNEZ-en vos regards, ô vous en qui la ſenſibilité, le plus précieux don du Ciel, ce germe fécond de toutes les vertus, devient celui de tous les vices.

QU'IL ne ſoit vu que de vous, qui approchez le plus de l'amie de mon cœur ! S'il pouvoit vous toucher ! .... Il me ſemble gouter déja le plaiſir que je gouterois alors. ROSE, notre bonheur ſeroit parfait : nous aurions contribué à la perfection du leur.

IL eſt une contrée, aimée du

du Ciel, féjour de la félicité. Elle raſſemble toutes les merveilles que le ſage Œconome de l'Univers a diſperſées dans chacune de ſes parties pour entretenir cette douce ſociété qui contribue tant au bien-être de l'homme. Tout ce que l'Europe ſi policée, l'Amérique inconnue pendant tant de ſiécles ; tout ce que l'Aſie ſi fameuſe par ſes révolutions, l'Afrique par ſes monſtres ; produiſent de particulier eſt commun à ce ſol. Le Palmier, le Chêne, l'Acacia, le Cédre y confondent leur rameaux & paroiſſent s'étonner d'être nourris d'une même ſéve. On y voit mûrir enſemble, & l'Orange dorée, & la Pêche vermeille, & la douce Olive, & le délicieux Raiſin.

Dans l'agréable variété des fleurs qui en émaillent les prairies, tu triomphes, Rose superbe ; le Lys seul peut exciter ta jalousie. L'air de majesté qu'il a te fait craindre d'être frustrée de la préférence. Rassures-toi, Reine des Fleurs. Ta couleur & ton parfum assurent pour toujours ton empire sur nos sens & sur tes rivales. C'est toi que la divinité de ce lieu a choisie pour simbole & pour parure. Tu sers souvent de gage aux plus douces unions ; & ta présence semble commencer le plaisir qu'elle promet. Rassures-toi ; d'autant plus qu'un soufle violent, avant-coureur des tempêtes ; ou qu'une pluie épaisse, compagne de la foudre, ne te séparera jamais de ta tige délicate.

Pour toi, tu conserves toujours ta modestie, charmante Violette. Tu ne t'offres pas aux yeux

dont tu es sûre d'être recherchée.
Tu sçais que plus d'une main, conduite par l'Amour, s'empressera, se
fera même un mérite de te tirer de
l'oubli pour orner le sein des Grâces.

IMITEZ-la, jeunes Beautés. Croiſ-
ſez dans le ſilence : ne vous faites
pas valoir vous-mêmes : vos vertus,
vos charmes trouveront toujours
leur prix.

MILLE créatures ailées, auſſi
différentes d'inſtinct, de couleur,
que de ramage, enivrées d'amour
& de plaiſir auprès de leur compagnes, font entendre dans ce ſéjour un concert qui ravit. Le ſen-
timent, qui les inſpire, ajoute encore aux charmes naturels de leurs
chants qui ne ſont jamais ſuſpendus
par l'approche effrayant de l'hyver.

Le Ciel, toujours azuré, répand fur cette terre fes plus bénignes influences. Il femble partager, avec elle, fes délices.

Aussi le Cultivateur ne lui confie pas fes femences d'une main tremblante. Il ne craint pas qu'une autre main, armée de fer & de feu ; ou qu'un orage lui enleve fes récoltes, jufte récompenfe de fes fatigues.

De fes fatigues... Tout merveilleux que foit ce terrain, il exige des travaux de ceux qui prétendent à fes tréfors. Ainfi que partout ailleurs, la moiffon n'y eft accordée qu'au labour ; la vendange aux attentions du vigneron. Le plaifir n'y eft vif qu'autant qu'il coûte...... Cela peut-il être autrement ? Les ténébres de la nuit favorifent l'éclat de la Lune. La peine fait fentir le prix du bien-être. . . . . Mais ce qui donne l'avantage à ce féjour fur tout autre: c'eft que l'Efpérance qui, partout ailleurs, ne jette ordinairement fon ancre que fur un fable fans confiftance ; trouve toujours ici de quoi la fixer.

L'UTILE & l'agréable, fi rarement unis partout ailleurs, font ici dans un perpétuel accord.

DANS une région pareille, peut-être dans la même, fut placé, en fortant des mains du Créateur, le premier couple qui peupla la terre.

EH ! quelle Lande ne fe changeroit en un Eden, fi tu daignois l'habiter, ô HYMEN?

Le cœur de deux époux eſt pour eux tout l'univers.

Le brûlant Indien ne ſe ſent plus conſumer par les ardeurs d'un Ciel de feu ; le froid Lapon n'entend plus la glace ſe briſer ſous ſes pieds; quand il voit luire le jour où il doit recevoir la foi & jouir de toute la tendreſſe d'une amante qu'il a enfin fléchie. Ce n'eſt qu'à cet inſtant qu'il ceſſe de blâmer l'apparente partialité du Ciel. A cet inſtant, il ſe perſuade qu'il eſt né, comme les autres, pour le bonheur.

LE TEMPLE

DE L'HYMEN.

§. I I.

AU centre de ce séjour, sur une élévation, est un Temple dont la vue seule opere, dans ceux qui en sont frappés, les plus heureux changemens. Elle influe même sur leur caractere.

DE même que l'astre du jour détermine le cours de chaque planete, leur prescrit la révolution qu'elles doivent faire autour de lui, & les empêche par sa puissante attraction de s'en écarter.

TEL est aussi le pouvoir de ce Palais sacré. Pas un mortel n'existe fans defirer d'y être admis. Un charme fecret, un penchant que rien ne peut détruire, y dirige les pas de tous les hommes. Il nous manque quelque chofe ; nous ne jouiffons pas encore ; tant que nous n'avons point répondu à cette voix intérieure qui nous excite à y porter nos hommages.

Aussi eft-il pourvu de tout ce qui peut captiver le cœur. Ce qui l'environne eft charmant ; ce qu'il renferme l'eft encore davantage. Le defir voltige fans ceffe autour de lui. Le plaifir l'habite. Les Grâces en font les honneurs.

On ne le vit pas conftruire, & fa chûte ne fe fera pas à nos yeux. Auffi ancien, il durera autant que le monde dont il regle la deftinée.

Envain mille (*a*) ennemis, encouragés déja par les domages qu'ils lui ont caufés, s'efforcent de lui en porter de nouveaux & de plus grands encore qui faffent craindre pour fa confervation. Il eft inébranlable. La Nature en pofa les fondemens. Elle l'a affis fur un roc dont les inégalités heureufes forment d'elles-mêmes une fuite de degrés qui y conduifent. Un dôme couvre ce Temple, d'une forme ronde, & ouvert de tout côté. Quatre Colonnes, qui répondent aux quatre parties de l'univers, élevent avec majefté leur chapiteaux pour en foutenir la voûte hardie. Sur le point le plus éminent de ce dôme, on

---

(*a*) La mifere du Peuple, l'avarice du Citoyen, l'ambition des Grands qui s'oppofent à la fécondité ; les préjugés à la néceffité ; le libertinage, la mode à la pureté, à la dignité du mariage.

apperçoit le pied d'une fleche d'or.
Les yeux en cherchent inutilement
l'autre extrémité. Elle se perd dans
la nue ; & paroissant vouloir unir
le ciel à la terre, elle va toucher le
trône de l'Eternel. Sur le contour
du dôme, on lit cette Inscription :

ICI EST LE BONHEUR.
Au-dessous :

ON JOUIT ICI SANS ROUGIR.
LE PLAISIR, DANS CE TEMPLE,
EST DEVENU UNE VERTU; ET
LA VERTU UN PLAISIR.

Cette Inscription est dans une langue connue de tous les hommes.
Les lettres qui la composent sont
de diamant ; & entrelassées de ces
fleurs dont la longue durée leur a
fait donner le nom d'Immortelles.

L'INTÉRIEUR du Temple surpaſſe encore de beaucoup la grande idée que ſes magnifiques dehors en avoient fait concevoir.

LE plafond eſt enrichi d'un chef-d'œuvre de peinture qui repréſente le triomphe de L'HYMEN. On y voit la Divinité ſur un trône parſemé de roſes. L'Amour, derriere, poſe ſur ſa tête une couronne de myrthe. A ſes côtés, Vénus & Minerve s'applaudiſſent de leur ouvrage.

(*a*) MINERVE paroît ſérieuſe, grave ; a les traits mâles, le regard ſévere, l'air impoſant. L'homme ſans mœurs n'en pourroit ſoutenir la vue avec fermeté ; il croiroit être devant ſon Juge ; ſon cœur palpi-

----

(*a*) Minerve, dans la Mythologie, eſt la Déeſſe de la Sageſſe, de la Guerre & des Arts. Ici, il faut la regarder ſeulement comme la Déeſſe de la Sageſſe.

piteroit de crainte plus que jamais.

Sous des couleurs plus tendres, Vénus eſt riante & couverte de Grâces. Tout en elle intéreſſe, attache, touche. Son attitude eſt remplie de charmes. On eſt tenté de ſe précipiter dans ſes bras qu'elle tient ouverts. Ses yeux pétillans & doux promettent le plaiſir. Sérieux Caton, tu n'aurois pu lui refuſer le baiſer que ſa bouche, qui ſourit, ſemble attendre.

C'est ſurtout à peindre l'Hymen que le génie de l'Artiſte s'eſt attaché. Que de fois il a changé de pinceaux, employé de touches pour exprimer, avec toute la délicateſſe du ſujet, la timide pudeur aux priſes avec la paſſion plus hardie ! qu'avec adreſſe il a fait reſſortir ce bel endroit par un contraſte bien à propos !

propos ! C'eſt le caractere indépen-
dant de l'Amour oppoſé à l'ingénieux embarras de la Divinité qu'il
couronne : ſon air naïf au portrait
de L'HYMEN qui ſemble à la fois
vouloir & ne vouloir pas.

L'OREILLE croit entendre tout ce
que le cœur ému de la Divinité ſe
dit à lui-même ; cependant l'œil
ſeul nous en inſtruit. Le Peintre a
parlé au ſpectateur ce langage éloquent & ſublime que vous poſſé-
diez ſi bien, immortels (a) *Parrha*
ſius, *Michel-Ange*, *Vanloo*.

AUPRÈS de ces principales fi-

____

(a) *Parrhaſius*, fameux Peintre de l'antiquité. Il
étoit Grec.

Michel-Ange, Peintre Italien. Rome ſurtout
poſſede beaucoup de morceaux de ce grand Maître.

Vanloo. Si la France ne le cede en rien à la
Grece & à l'Italie ; elle le doit en partie à cet Artiſte à qui il ne manque que l'ancienneté.

gures font les Vertus diftinguées par
leur attributs.

L'Humanité, qui tend une main
officieufe.

Le Défintéreffement, qui fe dé-
pouille de ce qu'il a de plus néceffaire, croyant n'exifter que pour
les autres.

La Bonne-foi, dont le front ouvert indique que fon cœur eft toujours à l'uniffon de fa langue.

L'Innocence, fous la figure
d'une jeune fille cueillant des Lys
pour fes compagnes.

L'Abondance, la tête ceinte
d'épis & de raifins, tenant fon cor-
net renverfé, prodigue autour de ces
perfonnages tous les tréfors. Les
Ris, les Jeux, les Plaifirs honnêtes,

ſes enfans, brillans de ſanté, badi-
nent avec leur Mere, & l'entrelaſ-
ſent de guirlandes de fleurs.

A ces peintures aimables ſont
joints des objets moins agréables,
mais auſſi habilement exprimés.

Le Dieu des Jardins, entouré
d'animaux immondes, & mécon-
tent de ne pouvoir ſatisfaire ſa lu-
bricité, jette en fuyant un regard
amer ſur l'Hymenée & Minerve,
ſes ennemies. Les Deſirs laſſifs, la
Débauche honteuſe l'accompagnent.
Il eſt ſuivi du Remord cruel, du triſte
Repentir, du pâle Déſeſpoir. La Diſ-
corde, aux yeux noirs & perfides,
les aîles tendues, plane au-deſſus
de ſes fideles Miniſtres ; & abandonne ce ſéjour de lumiere & de
paix qui ne peut être le ſien.

LE TEMPLE

DE L'HYMEN.

§. III.

AU milieu du Temple, s'éleve sur plusieurs gradins un Autel d'un bloc de marbre plus blanc que le plumage du cigne.

SUR son contour est un bas-relief, ouvrage précieux d'un habile ciseau. On a pris pour sujet le pouvoir de L'HYMEN. La Divinité y est représentée assise sur une éminence. Un gazon naissant & parsemé de jeunes fleurs couvre ce Siége. Un croissant d'arbres, dont le feuillage est tout récent, forme une espece de voûte. Une vaste plaine s'étend autour de ce Trône champêtre &

paroît offrir le riant spectacle de la
Nature en son printems. Dès Créatures de toute espece occupent cette
campagne. On les a sculptées dans
cet instant où , transportées par la
passion , elles oublient leur genre
de vie ordinaire , & ne sont occupées qu'à suivre les traces de la fe-
melle amoureuse. On y voit même
les animaux les plus cruels. Mais ils
n'y ont pas cette férocité qui leur
est naturelle. S'ils paroissent rugis-
sans; ce n'est que parce qu'ils expli-
quent leur desirs à leurs Amantes.
L'Hymenée occasionne ces effets
merveilleux. Sa voix les dépouille
de leur instinct vorace & les rend
traitables. Son pouvoir s'étend même
sur les êtres inanimés , les arbres ,
les plantes. La Terre elle-même
semble éprouver sa présence, & partager la joie commune en offrant

l'aspect le plus agréable. On diroit qu'en ouvrant son sein, & le parant de roses, elle est sensible aux caresses de l'air devenu plus doux.

CES merveilles sont opérées par ce feu puissant qui embrâse tout l'univers, & qui brûle continuellement sur l'Autel de L'HYMENÉE. L'Amour l'alluma sous les auspices de Minerve & de Vénus. Sous les mêmes auspices, la Divinité de ce Temple l'entretient avec soin : de ce feu dépend sa gloire & sa félicité.

O VOUS ! que l'Histoire souvent partiale a rendu si recommandables, trop crédules (*a*) Vestales !

____

(*a*) Les Vestales étoient des Vierges consacrées à Vesta, Déesse du feu. Leur devoir consistoit à entretenir dans son Temple les lampes. Rome fondoit sa durée sur celle de ce feu. Aussi, si une Vestale le laissoit éteindre, elle étoit enterrée toute

que n'eussiez-vous plutôt veillé à la
conservation de ce feu sacré, que
de celui auquel vous attachiez si
légerement le salut de l'empire du
monde ! Vous avez étouffé dans
vos cœurs sans expérience, les douces inspirations de la sage Nature,
pour vous livrer aux dures superſti-
tions de la ridicule Vesta. Que votre sort fut rigoureux ! Toujours
dans de vaines allarmes, gémiſſant
sous les pesantes chaines d'un devoir chimérique & barbare ; vous
avez ignoré les douceurs d'une
chaste & tendre union : la mort vous
a surprises avant d'avoir rencontré
le bonheur.

ET leur exemple peut encore
prévaloir sur les droits les plus

----

vive avec un pain & de l'eau. Même suplice quand
elle violoit son vœu de virginité.

Saints! Les deux fexes même s'empreffent encore aujourd'hui de concourir à leur propre anéantiffement. Les guerres, le libertinage, les fyftêmes d'une politique mal-entendue, ne portent ils pas affez de coups à l'efpece humaine?.... O mes compatriotes! Encore fi le facrifice de votre liberté, fi la privation de tout plaifir que vous vous impofez, pouvoit être utile à votre Patrie, ainfi que la mort douloureufe de Régulus (*a*) le fut à Rome...... Quel crime vous a mérité cette prifon?.... Si

---

(*a*) Je ne puis écrire ce nom fans être ému. Quel Patriote! Il s'arrache du fein de fon époufe, des bras de fes enfans; infenfible aux pleurs de fes amis, aux inftances de fa Patrie, il court recevoir une mort auffi affreufe que certaine, pour conferver la difcipline militaire dans toute fa vigueur. » Le falut de ma Patrie y eft attaché, » s'écrie-t-il en la quittant. O Régulus! que le fiecle préfent m'apprend bien à te connoître!

ce n'eft celui de vous y renfermer pour fouftraire à la Patrie votre tribut de reconnoiffance. L'ingratitude mérite l'efclavage.

ROSE, tu ne les imiteras pas, fans doute. Ton ame & ton cœur feront toujours amis. L'intégrité de l'une ne combattra jamais la fenfibilité de l'autre. Tu aimeras fans ceffer d'être vertucufe. A la fageffe d'une Veftale, tu joindras les plaifirs utiles d'une Citoyenne.

MILLE & mille chaînes de plufieurs efpeces font au pied de l'Autel. On en voit de fleurs, d'or, de fer, de branches de cyprès. On ne connoiffoit que les premieres dans cet âge (*a*) qui dura fi peu, &

(*a*) L'Age d'Or, ou d'Innocence, le premier & le feul du monde. . , . . On commence à douter de fon exiftence.... Ce doute eft conféquent à nos mœurs....

C

que nous regretterons si long-tems. Elles font l'ouvrage de l'heureufe fympathie. Mais dans les fiecles fuivans, les paffions, les préjugés en formerent de nouvelles : & ce font ces dernieres dont on fait le plus fréquent ufage.

A U P R È S du même Autel, fur une table de porphire, font deux Livres auffi volumineux l'un que l'autre ; mais pas à beaucoup près autant remplis. Un Génie integre eft occupé à y conferver, fur des feuillets d'airain, les noms de ceux qui vinrent dans le Temple s'engager fous les loix de L'HYMENÉE Après la diffolution des êtres, & le retour du cahos, ce Génie (que fa préfence fera de fenfations diffé-

---

Peut-il y avoir une différence fi marquéeentreles hommes d'un fiecle & les hommes d'un fiecle ?

rentes alors !) ce Génie préfentera
les deux Livres à l'Eternel , qui ju-
gera les hommes d'après eux. La
feule prononciation des noms dé-
couvrira les manœuvres les plus cachées , les intrigues les plus fecretes
de la vie. Les époux cefferont enfin
d'être leurs dupes tour-à-tour. L'air
prude , le menfonge, les ténebres ,
les fauffes careffes n'auront plus de
voiles pour couvrir leurs crimes. La
Vérité (quelle fera terrible pour
beaucoup !) paroîtra enfin , fuivie
de la Vengeance plus terrible encore.... Pourquoi attendent-elles
ce tems ? Que de maux elles pré-
viendroient aujourd'hui !

L a différence des Livres fera
alors celle des deftinées.

Ils en éprouveront une bien cruelle, ceux qui ont reffemblé à l'ambi-

tieufe Sémiramis, qui ne crut pas acheter trop cher le pouvoir de commander, s'il ne lui coutoit que la mort de Ninus, qui reçut de fa propre main le breuvage empoifonné.

(*a*) A HÉLENE, dont l'infidélité couta tant de maux.... fuite ordinaire du crime.

(*b*) A CLYTEMNESTRE, qui facrifia fon époux à fon amant.

(*a*) Epoufe de Ménélas, Hélene fe donna d'abord à Théfée, enfuite à Pàris, enfin à Deiphobe. Ménélas mourut, trop content encore, entre fes bras. Les époux étoient donc dès ce tems-là de *galans hommes.*

(*b*) Elle tenoit de fa famille. Cette fœur d'Hélene s'attacha à Egifte pendant le long voyage d'Agamemnon. Ce dernier, à fon retour, eut la tête fendue d'un coup de hache, que lui donna Clytemneftre elle-même. Les femmes alors nefe contraignoient guere.

(*a*) Aux Danaides, trop crédules, qui donnèrent à leur nouveaux époux, pour prémices de leur tendreſſe, un perfide trépas.

A Phédre, qui, furieuſe d'amour, oſa former le deſſein de joindre l'inceſte à l'adultere : de ſouiller le lit de Théſée, d'ailleurs infidele comme elle, en le partageant avec ſon fils, le vertueux Hyppolite.

(*b*) A cette Impératrice Romaine, le déshonneur de ſon ſexe, dont le nom ſeul allarmeroit la pudeur la moins ſévere.

(*a*) Elles étoient cinquante. Hors une, elles égorgerent leur maris, la premiere nuit de leur noces. Danaus, leur pere, leur avoit ordonné le meurtre, frappé d'un Oracle qui le menaçoit d'être détrôné par ſes gendres.

(*b*) Meſſaline. On ne ſçait que trop le reſte.

A. . . . Mais c'eſt déja trop. Fermons ce Livre funeſte. Peut-être s'y rencontreroient - ils des ſujets de triſteſſe bien plus ſenſibles encore pour nous.

POUR récompenſe de leur vertu, ils feront aimés davantage encore, ces époux qui, fermant leur cœur à la tendreſſe toujours perfide & bien ſouvent funeſte des Sirenes, ont mis leur gloire, leur félicité à faire celle d'une épouſe non moins chaſte & auſſi tendre.

VOUS aurez auſſi le même prix, vous à qui votre beauté attiroit un grand nombre d'adorateurs ; mais que votre vertu, plus puiſſante encore que votre beauté, avoit re-pouſſés.

DANS le petit nombre des noms

de ces époux, se fait surtout remar-
quer :

CELUI de la généreuse Alceste,
qui abrégea volontairement sa vie
pour prolonger celle de son cher
Admete. (*a*)

DE la soigneuse Artemise....
Ce n'est pas la magnificence du
tombeau qu'elle éleva, qu'on auroit
du compter au nombre des sept
merveilles de l'univers ; mais la conduite (*b*) bien plus merveilleuse de
cette veuve en qui la mort de son

(*a*) Il étoit son époux.

(*b*) Car elle poussa son amour pour son époux,
jusqu'à lui faire un tombeau de son corps. Le cada-
vre de Mausole brûlé, elle se fit une boisson de ses
cendres délayées dans de l'eau. On auroit peut-être
peine à croire ce trait, s'il n'étoit aussi bien attesté.
Pour moi, quand on me diroit seulement qu'il s'est
passé dans un tems reculé, j'y adhérerois aussitôt,
les mœurs étant bien changées depuis.

époux ne put mettre fin à l'amour
quelle lui portoit pendant fa vie. . .
Tant d'époufes s'en difpenfent ,
même avant d'en être féparées !

BIEN peu imiteroient auffi celle
dont le nom brille dans ce Livre.
Plus d'une, fans doute , auroit le
courage d'allumer elle - même le
bucher de fon époux. Quelle eft celle
que la douleur de l'avoir perdu
précipiteroit avec Euadné fur les
flames qui en confument les reftes?

VERTUEUSE Hyperméneftre , (a)
tu mériterois bien plus de gloire,
fi tu avois rempli en entier ton devoir d'époufe. Si la vie que tu con-
fervas à ton nouvel époux , ne lui

_____

(a) Hyperméneftre eft celle des Danaides, fes
fœurs, qui refufa de donner la mort à fon époux.
Mais elle lui fit acheter la vie bien cher ; elle voulut
qu'il lui laiffât fa virginité.

eût pas coûté les plaisirs de L'Hymen.

Ingénieux Ulisse (*a*), prudente
(*b*) Pénélope, à votre mémoire
on se rappelle avec plaisir les artifices que vous inventâtes, les dangers auxquels vous vous exposâtes
pour vous conserver l'un à l'autre.

Ces noms rappellent aussi les
vôtres, qui furent dépofés dans ce

(*a*) Ulisse contrefit l'infenfé pour s'exempter du
voyage de Troye, & refter auprès de Pénélope, son
époufe.

(*b*) Sa rufe lui ayant mal réuffi, il fut obligé de
quitter fa Patrie. Les Grands de fon petit Royaume
prefferent vivement Pénélope. Mais elle fe garantit
de leurs infultes par fes artifices. Tantôt elle promet-
toit de répondre aux defirs de celui qui pourroit tendre l'arc de fon époux : elle fçavoit qu'il leur étoit
impoffible. Tantôt elle propofoit pour durée de fa
fidélité, le tems qu'elle emploieroit à travailler pendant le jour une piece de toile.... qu'elle défaifoit
la nuit.

Livre longtems après , femmes à
jamais mémorables. C'en étoit fait
de vos époux ; ils alloient périr fous
le glaive du vainqueur. Votre fexe
vous avoit garanties d'une pareille
deftinée : vous aviez même obtenu
d'emporter, en quittant votre ville,
ce que vous y poffédiez de plus précieux. Le Soldat , couvert & avide
de fang , attendoit avec impatience
votre fortie , trop lente à fon gré.
Qu'il fut furpris , lorfque vous paf-
fâtes devant lui chargées de vos
époux , & en lui difant : » Ce font
» là nos tréfors ! »

Qu'avec tranfport on aperçoit
auffi ton nom, trop févere Lucréce (*a*).

____

(*a*) Lucrece , ayant été violée par un ami de fon
époux , fe tua au retour de ce dernier, aimant mieux
ceffer de vivre , que de vivre fouillée d'un crime involontaire. Lucrece, ton exemple n'a fait encore que
des Admirateurs.

ET le tien, aussi, courageuse Arrie. Toi, qui, pour exciter ton époux par ton exemple à prévenir la mort honteuse dont il étoit menacé, te la donnas à toi-même, en sa présence : » Cher époux, il ne m'a » point fait de mal » , lui dis-tu, en lui tendant un glaive, tiré de tes propres entrailles.

O ROME, ces modeles, à présent des phénomenes pour toi, se trouvoient fréquemment parmi tes Citoyens, alors que, pas encore la Capitale de l'Univers, tu ne l'étois que du *Latium* (a).

ET toi, ma Patrie, autrefois le

____

(a) Le *Latium*, petite Contrée de l'Italie, auprès du Fleuve du Tibre. Il fut le berceau de l'Empire Romain.

Temple de Gnide (*a*) , aujourd’hui femblable à *Chypre* (*b*) ; rappelles-toi auffi ce tems dont l’exiftence te paroît fabuleufe , où l’Amour & la Vertu , amis pour lors inféparables , animoient le cœur , conduifoient le bras de nos (*c*) Chevaliers & les

-----

(*a*) Vénus avoit un Temple à Gnide. Les Gnidiens étoient les feuls qui lui rendiffent un culte pur. *Voyez le Temple de Gnide de Montefquieu.*

(*b*) L’Ifle de *Chypre* au contraire étoit le lieu fur la terre où l’on commettoit les plus grands défordres en l’honneur de la Déeffe.

(*c*) Dans ce tems, il ne falloit pas feulement une belle taille , une phifionomie pétulente , des parchemins, de l’or, beaucoup de babil pour fe faire aimer. Une belle ame, un efprit droit, un cœur de lion gagnoit le fexe févere & difficile. . . . Age d’or de la France , tu paffes, à préfent , comme l’autre , pour celui des chimeres. . . . Puiffions-nous vivre encore au milieu de ces chimeres ! elles nous rendroient fages & heureux. . . . Ce que ne peut faire le flambeau de notre Philofophie moderne.

rendoient dignes des faveurs, fideles aux Loix de l'Hyménée......
Alors l'Amour servoit la Vertu, &
la Vertu l'Amour.

LE TEMPLE

DE L'HYMEN.

§. I V.

ON nous repréfente partout ail-leurs le Tems, fous la figure rebu-tante d'un vieillard chagrin, au front ridé, au regard menaçant, à la voix terrible, & portant dans fes mains avides une faulx redoutable.

ON le voit dans ce Temple ; mais il paroît affable, toujours riant, content de lui & infpirant de la confiance à ceux qui le regardent.

ON nous dit auffi qu'il corrompt & détruit tout.

C'EST lui qui par l'agitation de fes aîles, entretient, fouvent même augmente, fous les ordres de la Divinité, l'activité du feu qui brûle fur fon Autel.

IL a auprès de lui les Années, fes filles, qui fourient fans ceffe, & qui ont toujours ici les mains remplies de quelques tréfors.

LES Parques ont auffi leur place dans ce Palais. Cloto a auprès d'elle des pelotons de fils de plufieurs fortes; de foie, d'or, de fer, de lin. Elle garnit fa quenouille de celui que lui prefcrit la Déeffe. Atropos, qui tient fes cifeaux toujours ouverts, devient plus traitable à la vue de la Divinité, & retarde, ou rend moins dur fon terrible devoir.

CE Temple eft celui de L'HYMEN.

SAGE ***, Chafte ***, vous jouifsez de toutes ses faveurs. Vos belles ames, vos cœurs affectés de la passion la plus pure, vous les ont méritées. Laissez-moi partager un instant le doux poids des chaînes qui vous unissent. Que je les baise, ces liens, qui font votre bonheur! Que j'en compte les nœuds! J'entreprends le portrait de L'HYMEN.

HÉLAS! l'expérience ne m'a pas encore montré tous les charmes de mon original.

O ROSE! ton cœur ne te dit-il rien aux noms de ces époux?.... Sans doute il en est ému.... Peut-être même.... Mais il n'en trouve point qui soit digne de lui. N'en dédaignes pas un qui s'efforce au moins de l'être; qui pourroit même le devenir, si tu daignes l'honorer de tes soins.... Pourquoi tes pas,

encore

encore douteux, se tournent-ils à peine vers ce Temple? Ne vois-tu pas la Divinité qui s'applaudit déja de te déterminer. Jamais elle n'aura couronné de mortelle plus aimable que toi, ni d'Amant plus fidele que moi.

Modeste sans être triste; réservée sans être prude; L'Hyménée (a) offre, sur son visage noble & gracieux, cet accord si rare & cependant si nécessaire pour le bonheur; un mélange heureux de sagesse & de gaieté, de pudeur & de passion. Sur son front brille la candeur. Ses traits annoncent sa sensi-

(a) L'Hymen, ou l'Hymenée est représenté ici sous la figure d'une femme entourée d'enfans. J'ai cru pouvoir me permettre cette liberté en faveur de mon sujet, qui me paroît mieux sous cette forme, que sous la forme ordinaire; c'est-à-dire, d'un jeune homme blond, &c.

D

bilité. Ses yeux étincelans sont tempérés par cette aimable langueur, ce précieux abattement qui décele un cœur vraiment affecté. Les couleurs de son teint sont vives, fraîches, plus même que celles que l'art prodigue au teint flétri de nos Divinités de la Cour. Les jeunes fleurs au lever de l'Aurore, avant le retour du soleil sur l'horizon, couvertes encore de rosée, n'ont pas plus d'éclat. Sa taille est majestueuse, sa démarche aisée, son pied ferme. Ses vétemens sont simples, mais élégans ; leurs plis ondoyans, qui ne paroissent pas recherchés, répandent autour d'eux mille grâces sur les aîles du zéphir qu'ils excitent par leur légers mouvemens. Ils doivent cependant en partie à l'art ce qu'on attribueroit seulement à la nature, ou au hazard. La Divinité a

eu envie de plaire : jamais succès n'a
si bien répondu au desir, & elle semble n'y avoir pas pensé. L'HYMÉNÉE
porte aussi toujours sur elle une
ceinture, son plus bel ornement,
quoiqu'elle dérobe bien des appas;
mais ces charmes, pour être cachés, ne perdent rien de leur prix.
L'imagination sçait les découvrir.
Qu'ils ont de pouvoir alors! Le soin
de cette ceinture est confié au Grâces sous les yeux de la Prudence.
En la lâchant, ou la reserrant à
propos, elles tiennent toujours le
desir en haleine, sans le satisfaire
ou le repousser entierement. Par
cette ingénieuse conduite, elles em-
pêchent le dégoût ou la froideur
d'approcher de L'HYMÉNÉE. Elle
paroît toujours aussi belle, aussi touchante : elle semble ne vieillir jamais. La Confiance, la bonne Répu-

tation, Minerve, Vénus, qui ont entr'elles le petit Amour, lui servent de soutien. Les Jeux badins, les Sourires enchanteurs, les Rufes innocentes ne la quittent pas; & contribuent beaucoup à la faire aimer. L'Abondance, les Plaifirs, le Bonheur font toujours à fa fuite. Autour d'elle eft une multitude d'Enfans auffi charmans que ces Créatures céleftes confacrées au fervice de l'Eternel. Les uns prennent fes mains & s'efforcent de les ferrer dans les leurs, plus délicates encore. D'autres s'enveloppent de fa robe & s'y cachent. Plufieurs lui préfentent des Rofes, fes fleurs favorites. Tous lui témoignent à l'envi la tendreffe ingénue de leur cœur. L'HYMENÉE les contemple avec joie. Elle eft ravie de les voir. Leurs careffes font fon bonheur, leurs jeux, fes plaifirs. Deux

Colombes partagent auſſi ſes ſoins & contribuent à ſes amuſemens. Elle les nourrit elle-même ; les tient ſouvent dans ſon ſein, ou ſur ſes doigts, & les propoſe pour exemple à ceux qui ſe préſentent à elle. » Il eſt heureux, leur dit-elle, parce » qu'il eſt fidele. Imitez ce couple » aimable. S'aimer eſt le commen- » cement du bonheur. S'aimer tou- » jours eſt le bonheur lui-même. »

Un chœur d'Epoux chante ſou- vent cette Hymne en ſon honneur :

» Hymen, charmant Hymen, » fais briller ſur nous ton flambeau » ſacré. Ceins nos têtes de ta cou- » ronne de Roſes. Un de tes ſourires » aimables change ſes jours téné- » breux d'hyver en de belles mati- » nées de printems. Echauffé de ta

» flâme, le cœur jouit, & la conf-
» cience applaudit à tes plaifirs.

» C'EST toi, ô HYMEN, qui pré-
» fides à l'Univers. Tu es le lien le
» plus fort & le plus doux de la So-
» ciété. Tu portes la paix & con-
» ferves la vertu dans les familles.
» Sous tes aufpices les Empires
» fleuriffent. Que la Politique, au
» teint pâle, ronge fes ongles d'im-
» patience ! Que fes mains frottent
» fans ceffe & déchirent à l'envi
» fon front filonné de rides ! Un mot
» de ta bouche, ô HYMEN, a beau-
» coup plus de pouvoir, opere bien
» davantage. Sans fyftêmes inexpli-
» quables, fans projets captieux,
» tu fçais faire aimer aux hommes
» leurs devoirs ; tu les leur rends ai-
» mables. Ils font fages fous tes
» Loix : tes Loix les rendent heu-

» reux. Fideles Epoux, fideles Ci-
» toyens ; leur bonheur fait celui
» de l'Etat.

» HYMEN , charmant HYMEN ,
» fais briller sur nous ton flambeau
» facré. Ceins nos têtes de ta cou-
» ronne de Rofes. Un de tes fouri-
» res aimables change les jours té-
» nébreux d'hyver en de belles ma-
» tinées de printems. Echauffé de
» ta flâme, le cœur jouit , & la con-
» fcience applaudit à tes plaifirs.

» JEUNESSE timide , livrez-vous
» fans fcrupule aux fecrets penchans
» qui vous entraînent vers ce Tem-
» ple. Ils font des préfens du Ciel.
» C'eft la voix de la Nature. La Na-
» ture eft le meilleur guide. Déjà
» L'HYMENÉE fourit aux couleurs
» de pourpre, qui effacent à fa vue
» la blancheur de votre front. Ah !

» qu'elle aime l'embarras qui vous
» fait encore balancer ! précipitez-
» vous dans son sein ; vous y goû-
» terez le Plaisir sans blesser la Pu-
» deur. L'Hymen les a rendus amis.
» Ne cherchez plus le Bonheur. La
» Nature le promet ; la Raison le
» montre ; la Vertu y conduit ;
» l'Hymen le donne. »

» Hymen , charmant Hymen ,
» fais briller sur nous ton flambeau
» sacré. Ceins nos têtes de ta cou-
» ronne de Roses. Un de tes souri-
» res aimables , change les jours té-
» nébreux d'hyver en de belles ma-
» tinées de printems. Echauffé de
» ta flâme , le cœur jouit , & la con-
» science applaudit à tes plaisirs. »

LE TEMPLE

LE TEMPLE

DE L'HYMEN.

§. V.

IL fut un tems pendant lequel la Juftice, pas encore armée d'un glaive, n'employoit que la balance pour contenir nos Peres dans le devoir. Dans cet âge (*a*), dont le nom fait encore tréfaillir de joie les cœurs fenfibles, un feul chemin conduifoit au Temple de L'HYMEN. Les hommes dociles fe hâtoient de s'y rendre, conduits par la Nature. La Nature avoit alors tout pouvoir fur leur cœur qu'elle touchoit. Sa fimplicité leur paroiffoit aimable; fon empire, léger. Elle faifoit leur bon-

______

(*a*) L'âge d'or.

E

heur qu'ils cherchent depuis avec
si peu de succès dans les caprices
de l'Art.

CE chemin, à présent méprisé
& presqu'inconnu s'offre cependant
de lui-même. Il n'en est pas de plus
aisé à suivre. L'HYMENÉE ne pré-
side qu'à lui seul. De son TEMPLE,
elle ne tend les bras & ne promet
de vrais plaisirs qu'à ceux qui le pra-
tiquent pour venir à elle. Elle leur
offre la perspective la plus riante :
& leur fait, pour ainsi dire, goûter le bonheur avant d'y être parvenu.

A L'ENTRÉE de cette route on
apperçoit Minerve & Vénus, qui
servent de précurseurs à L'HYME-
NÉE. Elles ont avec elles les Grâces.

JE ne détermine pas le nombre
des Grâces. J'en trouve déjà en toi,

ROSE, plus que je n'en pourrois compter. Un geste, une attitude, un de tes regards qui paroissent si ingénus & qui sont si malins, le mouvement seul de tes lévres ; tout est Grâces en toi.

LES Grâces ne sont pas des compagnes inutiles à Vénus & à Minerve. (*a*) Vénus sur-tout en connoit tout le mérite. C'est aux Grâces qu'elles doivent en grande partie les droits qu'elles ont sur nos cœurs :

(*a*) Les Dieux célébroient les Noces de Thétis & de Pélée. La Discorde jetta sur la table du festin une pomme sur laquelle elle avoit eu soin d'écrire ces mots. » A la plus belle ». Grande rumeur parmi les convives, sur-tout parmi les Déesses. Junon, Pallas & Vénus prenoient feu. Jupiter, pour l'éteindre, chargea Paris, beau Berger, de terminer le différent. La superbe Junon ne put obtenir le prix. La sévere Pallas non plus. Le Juge & la Pome tomberent aux pieds de Vénus : elle s'étoit parée de la ceinture des Grâces.

avec elles, elles n'en trouvent aucun de rebelle ; fans elles, elles plairoient, mais elles ne toucheroient pas. Sans elles, nous les admirerions ; mais nous ne les aimerions point encore.

ROSE, mes yeux font frappés de ta beauté. Mon ame honore tes vertus. Tes grâces ont captivé mon cœur.

CE groupe aimable fe préfente obligeament & offre d'une façon intéreffante fes fervices aux cœurs encore indécis. Plus attrayantes que les (*a*)

______

(*a*) Les Syrenes étoient des monftres qui avoient la tête, les bras, la poitrine, la voix d'une fille ; ce beau commencement de leur corps fe terminoit en queue de poiffon. Elles chantoient fi bien qu'on ne pouvoit s'empêcher de s'arrêter, de s'approcher même plus près pour les entendre mieux. Mais fi

Syrenes, sans être perfides comme elles, ces Divinités n'usent du pouvoir de leur charmes que pour conserver l'innocence & faire le bonheur de ceux qu'elles s'efforcent de gagner.

Pour les déterminer plutôt, les Grâces joignent souvent aux appas de leur figure, à leurs manieres engageantes, la mélodie de leur voix. » Aimez, chantent elles d'un air embarrassé, & les yeux modestement baissés : » Vénus & Minerve, » que nous rendons aussi inséparables que nous, vous invitent à la » tendresse. Amour (elles montrent

___

malheureusement elles vous voyoient à leur portée; c'en étoit fait de vous ; elles vous dévoroient sans pitié. . . . Que j'aime cette fiction ! Son ancienneté ne lui fait rien perdre de son prix. Bien plus , je crois que dans les siecles prédécesseurs au nôtre, elle ne devoit point paroître aussi ingénieuse, ni aussi juste.

en même tems le jeune Dieu : l'A-
mour eſt toujours bien près des Grâces.) " Amour vous prépare ſon
" Myrthe , prémices de votre bon-
" heur. Il vous méritera bientôt la
" couronne de roſes que l'HYME-
" NÉE vous tend. C'eſt alors que
" vous ſerez heureux : heureux déja
" par l'eſpoir ſeul de l'être ".

LE fer réſiſte davantage à l'aimant qui l'attire ; l'aimant lui-même , a ſa direction vers le pôle : que
le cœur , aux inſtances de ces Divinités. Il s'abandonne tout entier à
elles. Elles ont auſſitôt toute ſa confiance , & n'en abuſent point. Les
Grâces ne ſont pas longtems ſans
joindre l'Amour qui , lui-même ,
vole à leur rencontre. A meſure
qu'il s'approche du Temple de
l'HYMEN , il découvre aux cœurs

qui le fuivent , mille tréfors que
fans lui Minerve & Vénus leur auroient tenus cachés. ... Amour eft
le pere des Talens & des Vertus.
Un doux tranfport s'empare alors
du cœur. Il femble commencer une
autre exiftence bien plus merveil-
leufe que la premiere.

TANT qu'il n'y eut que cette
route pour parvenir à L'HYMENÉE ,
elle fe pratiquoit paifiblement. Mais
les hommes l'ayant multipliée dans
la fuite ; les Génies, qui préfident à
ces dernieres , veulent empêcher que
la plus ancienne foit auffi la plus fré-
quentée.

ILS ne réuffiffent que trop. On
nous raconte (& nous frémiffons
alors d'horreur.), on nous raconte
les forfaits de ces brigands noctur-
nes , qui raviffent aux Voyageurs

leur bien & souvent même leur vie pour assurer la leur par l'impunité de leurs crimes. Ce chemin est exposé à mille dangers semblables. Le Libertinage, l'Intérêt, l'Ambition, les Préjugés, la Politique, ennemis & vangeurs à la fois de la Nature outragée, en assiégent sans cesse les environs. Combien de nous, pas assez prudens pour les éviter, & trop foibles pour les repousser, leur ont abandonné leurs trésors, se sont laissés dépouiller de leur innocence, ou de leur bonheur !

A la vue de ces périls, Amour accélere sa marche ; Minerve pare les coups de son (*a*) Egide, & crie à ceux qu'elle conduit : » Détour-

----

(*a*) Egide est le bouclier de Minerve, couvert de la peau d'Egide monstre, l'une des Gorgonnes, qu'elle tua.

» nez vos regards de ces objets dont
» le faux éclat vous éblouit, vous
» trompe, & peut-être vous per-
» droit. Fuyez, trop crédules Voya-
» geurs, fuyez ces feux malins, ces
» vapeurs subtiles. Cessez de suivre
» cette lueur perfide : elle vous con-
» duiroit au précipice. Vos pieds
» déçus rencontreroient bientôt un
» abîme ».

APRÈS plusieurs sacrifices généreux, plusieurs résistances vigou-
reuses; encouragé par l'Amour, sou-
tenu par Minerve; on parvient aisément au Temple de L'HYMEN,
qui comble alors les vœux qu'on
a formés ; & mesure ses faveurs
aux peines qu'elles ont coutées. Les
maux qu'on a essuyés tournent à l'a-
vantage de ceux qui ont eu le zele
de s'y exposer, & la force de les

supporter. Ils prouvent à la Divinité leur conſtance, ſans laquelle on lui eſt en horreur. Arrivé devant l'Autel, le cœur, ſacrificateur & victime, s'offre à l'Hymenée, qui l'accepte d'un viſage ſerain des mains de l'Amour, & l'enflâme d'une étincele de ſon feu ſacré. Elle ordonne alors au Tems d'en rendre l'ardeur durable. On reçoit d'elle auſſi une chaîne de fleurs, le plus beau lien qu'elle puiſſe donner. Quoique d'une matiere ſi fragile, elle ne rompt jamais. Ses nœuds ont même le pouvoir de captiver la fortune qui ceſſe enfin d'être volage. Les Parques ont ordre en même tems de reſpecter cette chaîne. Elles adouciſſent & retardent leur dur & prompt Miniſtere.

LE TEMPLE

DE L'HYMEN.

§. VI.

Les trois Parques ne reçoivent plus souvent cet ordre. Ceux qui t'approchent à présent, ô HYMEN, ne méritent plus ces égards : ils veulent les mériter par des moyens indignes. Ils dédaignent, pour parvenir à toi, de suivre la Nature.

LA Nature est devenue pour eux semblable à ces meres décrépites que leur enfans, habitués depuis longtems à leur mauvaise humeur, n'écoutent plus enfin qu'avec indifférence & souvent même avec raillerie.

(*a*) La Campagne feule, dernier azile de la Vertu, l'eft encore de la Nature. Ce n'eft que là (& peut-être ce n'eft plus pour long-tems) qu'il regne cette douce familiarité, cette douce liberté, cette aimable franchife; fi préférable aux

(*a*) Oui, à la Campagne les fentimens font bien plus vrais, plus délicats même que dans nos villes les plus floriffantes, à cela près cependant qu'ils ne font pas couverts d'un vernis brillant. Mais il feroit fuperflu. Ces bonnes gens, n'ayant pas à rougir de leur conduite, n'ont point intérêt à nous tromper. Ils perdroient à fe déguifer.... . Heureux; fi la dureté du tems, devenant de jour en jour plus preffante pour eux, n'altere pas auffi de plus en plus, ne corrompt pas enfin leurs mœurs encore pures, & ne les conduit pas au point où tant d'autres font parvenus par un chemin contraire. Se fentant opprimés par de mauvais Patriotes, ils pourront le devenir auffi un jour; leur vertu les quittera avec leur bien-être. Les Alliances, ces nerfs d'un état, feront plus rares, moins fécondes, très-malheureufes, prefque toujours violées, comme ailleurs. ... & de-là, que de maux !

froids égards, à la réserve glacée, à
ces belles démonstrations d'une ami-
tié jamais sincere de la Cour, ou de
la Ville. Les cœurs simples, mais
purs ; grossiers, mais sensibles ; y
sçavent encore aimer. L'amour y est
toujours une vertu pour eux. Sages
amans, ils font aussi heureux époux...
L'Amour fait le destin de L'HYMEN.

DANS un de nos hameaux, Cloé
attendoit son cher Silvandre ». Il
» ne vient pas, disoit-elle avec impatience, » il me néglige. Le per-
» fide. . ., ne m'aime plus. Si Mi-
» con m'avoit fait la même pro-
» messe, il seroit déja auprès de
» moi. Je ne veux plus aimer que
» Micon. » Silvandre revient enfin
tout hors d'haleine, Cloé l'apperçoit
& fuit ; Silvandre la poursuit & l'atteint. » Retires-toi, lui dit Cloé

avec colere ; » mon cœur eſt à pré-
» ſent tout entier à Micon. » Il me
» doit au moins quelque reconnoiſ-
» ſance, reprit le triſte Silvandre.
» Je lui ai conſervé mon heureux
» rival. Sans moi il feroit enſeveli
» ſous les flots ». Cloé attendrie lui
répondit en lui tendant la main.
» Prends cette main, gage de mon
» cœur. Sois mon époux, Silvan-
» dre : l'amour me faiſoit balancer:
» ta généroſité l'emporte ».

PALMIRE deſiroit depuis longtems l'heureuſe occaſion d'expliquer
ſans témoin ſa paſſion à la ſévere
Daphné. . . . Il ſaiſiſſoit enfin ce
moment fortuné ; & n'oublioit ni
paroles, ni geſtes, ni foupirs, ni
larmes pour toucher l'inſenſible,
lorſque des ſons plaintifs vinrent
frapper ſes oreilles. Son cœur en eſt

ému : il fait taire sa passion, quitte
brusquement Daphné, & vole se-
courir un vieillard succombant sous
un fardeau. . . . Cette action parla
mieux pour lui que lui-même. Daphné, le voyant revenir peu après,
la fiere Daphné vola à sa rencontre,
le tint longtems pressé contre son
sein, l'embrassa sans rougir, & lui
dit : » Palmire, tu as trouvé le che-
» min de mon cœur ; les infortunés
» te touchent : je veux être toujours
» à toi ».

HYMEN, HYMEN, tu conserves
sans doute en lettres d'or les noms
de ces deux couples unis sous de si
beaux auspices Tu les donnes sans
doute pour modeles à ceux qui prétendent à tes dons, & pour repro-
ches à ceux qui en abusent.

DE ces hommes qui ne sont connus que d'eux-mêmes, & qui vous donnent cependant ces belles leçons de générosité & de bienfaisance, apprenez à aimer, ô vous qui profanez l'Amour sans le connoître. Vos dignités, vos richesses, vos galanteries, vos excès ne peuvent remplir votre cœur. Il y reste toujours un vuide. Le véritable Amour peut seul le faire jouir ; il y rappellera les Vertus que le faux en a chassées. Vous ne les verrez plus seulement, ces Vertus, en marbre, ou en peinture, autour de vous, sous les lambris, ou sur le toit de vos palais ; mais vous les entendrez au-dedans de vous, appaiser votre conscience & rétablir le calme dans votre ame.

RESPECTABLE assemblage de mortels trop ignorés, & qui devroient

vroient l'être le moins : Peuple de
fages heureux que méprife peut-être
le courtifan, mais que le fage honore ; ô *Salenci* (*a*)! humble, mais
vertueux hameau. C'eft toi, c'eft
toi, fur-tout, que L'HYMENÉE a
choifi pour fa demeure favorite. Elle
n'a pas de Temple plus inviolable
& qui lui plaife davantage que ta
ruftique enceinte. Ici, maîtreffe aimée des cœurs qu'elle unit, elle ne

____

(*a*) Auprès de la ville de Noyon, eft un village,
nommé *Salenci*, où tous les ans, depuis Clovis, la
fille, la plus fage, reçoit, dans une affemblée publi-
que, une couronne de Rofes. *Voyez* le Journal des
Dames, Juin 1766. *Voyez* auffi l'Année Littéraire,
dixieme Lettre 1766. Qui ne devroit pas en être
inftruit, cependant ? . . . . Le jeune fexe, fur-tout,
ne devroit-il pas être jaloux des *Salenciennes*, & fe
plaindre de ce qu'il n'y ait que leur hameau qui réferve un prix pour la vertu? . . . . Mais que lui im-
porte tout cela? Ce n'eft pour lui que des chimeres !
& il auroit honte d'envier des chimeres ; de prétendre
à des chimeres.

F

craint pas que fes Loix, violées impunément, fe tournent contre elle-même, en facilitant les progrès du libertinage, caché fous leur voile. Il n'eft point de lieu où elle foit mieux fervie. L'or ici n'eft d'aucun poids. On eft aveugle au clinquant des dignités, & fourd au brillant langage des paffions illégitimes. L'innocence feule y fait les rangs, y donne les richeffes ; elle feule y peut être le prix des cœurs, la dot des unions, l'objet des hommages. L'innocence feule peut y obtenir une couronne. Auffi tous les foins, tous les égards font pour cette fleur non moins fragile, mais bien plus précieufe que la *rofe* qui eft fa récompenfe.

IL eft, il eft donc encore un lieu fur la terre, un point fur ce vafte

Univers (que ne l'occupe-t-il tout entier ! que n'est-il l'Univers lui-même !), où la Vertu, méprisée & proscrite par-tout ailleurs, est reconnue & récompensée : où la Nature, la belle Nature, pas encore corrompue par les caprices de l'Art, trouve des yeux pour l'admirer & des cœurs pour la sentir : où le Bonheur (*a*), aussi, inséparable de ces deux aimables compagnes, qui passe pour une chimere dans l'esprit des méchans, indignes de le connoître ; cesse de l'être en rendant vraiment

---

(*a*) On cherche le Bonheur ; on dispute sur sa nature ; on nie sa possibilité ; on doute de sa vérité. On soupçonne, quelques-uns croient, bien peu éprouvent son existence.... & nous sommes tous nés pour l'éprouver.... Fermons plutôt nos livres, abandonnons nos spéculations, résistons à nos mauvais penchans, ne suivons que ceux de la Nature. Soyens hommes, soyons justes. Faisons des heureux.... C'est le seul moyen de l'être.

heureux des hommes ſages, ſeuls capables de le goûter.

NOBLE Emulation, fille de l'Eſpérence, mere des Talens, & ſouvent même des Vertus; Déeſſe puiſſante, laborieuſe, infatigable, qui fais les héros; & qui, fermant leurs yeux de ta main officieuſe, les conduit d'un pas aſſuré à travers les horreurs de la mort au Temple de l'Immortalité.... Tu n'operes pas tes moindres prodiges à *Salenci*. Aſſiſe (*a*) ſous le feuillage épais d'un gros chêne, c'eſt toi qui excites les jeunes *Salenciennes* à courir dans la lice pénible & gliſſante de l'honneur, pour mériter la couronne de *roſes*, que tu leur tends; & l'entrée du Temple de L'HYMEN, qui leur

____

(*a*) *Voyez* les deux Journaux déja cités ſur la Fête de Salenci.

en réſerve une ſeconde.... qu'elles ne deſirent pas moins.

ROSE, ces deux prix te ſont dus. Jalouſe du premier, pourquoi ne te montres-tu pas auſſi empreſſée du ſecond ? tes yeux baiſſés, ton front couvert de pourpre, tu ne réponds rien.... Ah ! ſans doute, la pudeur combat en toi l'Amour. Eh bien ! permets qu'une autre main épargne à ta main tremblante la néceſſité de te couronner elle-même. Mille & mille s'élevent déja de toute part. Qu'elle ſera heureuſe, celle ſur laquelle tombera ton choix! ſi la mienne.... Je m'égare. Cependant ſi la fidélité peut ſervir de titre ; ſi ton cœur eſt à ce prix.... qui pourroit le diſputer au mien ?

LE TEMPLE

DE L'HYMEN.

§. VII.

HYMEN, HYMEN, que ton flambeau n'éclaire-t-il que des *Salenciens!* que ne font-ils tous les hommes! ils n'en font qu'une partie à peine fufceptible de remarque; fi les hommes doivent être comptés, fi leur nombre fait leur prix.

LES autres, pour la plupart, bien différens de mœurs, fuivent auffi, pour parvenir à L'HYMENÉE, des routes bien différentes, & toutes défapprouvées par la Divinité.

COMBIEN, ne fachant pas aimer; incapables, indignes même de nourir en eux cette paffion, la paffion

des belles ames ; n'adreffent-ils leur
pas à fon Temple, qu'autant que
les degrés qu'ils montent pour en
approcher, les approchent de celui
de la fortune ? Combien de politiques, étouffant en eux, au milieu
des clameurs de l'intérêt, la voix de
la Nature qui gémit, font de l'A-
mour l'inftrument de leurs caprices ?

MOINS fages encore que ces enfans qui, à la vue des boules de fa-
von, abandonnent leurs livres pour
admirer ces riens, qu'un rien a pro-
duit, qu'un rien conferve, qu'un
rien va détruire.

UN cœur ne peut fatisfaire leur
cœur. Mais cette brillante fumée
qui doit fa valeur aux préjugés ; que
l'expérience rendra fi amere ; & qui
fera diffipée au moindre foufle con-

traire de la Fortune, qui ne tient
à rien.

L'HYMENÉE les reçoit dans fon
Temple avec indignation , & les
unit avec des chaînes d'or. ... Si
ces chaînes font éclatantes......
qu'elles font, auffi , dures à porter !

IL en eft de plus infortunés &
de plus coupables encore, quoique
plus dignes d'excufes.... Ceux qui
fe livrent fans réferve aux premiers
mouvemens de leur cœur. D'autant
plus à plaindre , qu'en courant à
leur perte, en faifant leur honte, ils
croient travailler à leur bonheur,
& conferver toutes leur dignité.
Enivrés du plaifir des fens, ils s'ap-
plaudifent de leur amour , qu'ils
penfent être le véritable. Mais bientôt ils font détrompés. ... La con-
fcience applaudit au véritable
amour.....

amour.... & ils connoissent les re-
mords.... Plusieurs d'entr'eux se
font alors une triste habitude de les
entendre, n'entrent jamais dans le
Temple de L'HYMENÉE, & passent
leur vie dans les crimes & les malheurs. Quelques-uns reconnoissent
leur erreur, en conçoivent de l'ef-
froi, veulent la réparer. Mais la Divinité, qui les a en horreur, change
pour eux ses dons en tourmens; ou
si elle leur en accorde, qu'il faut
les acheter à grand prix !

JEUNESSE sans expérience, que
celle de vos semblables vous en
tienne lieu ! Sexe tendre, mais foible; aimez : mais arrachez à l'A-
mour son bandeau. Qu'il puisse suivre la Raison ! la Raison ne l'écartera
jamais de la Vertu; & la Vertu le con-
duira infailliblement au Bonheur

G

Méfiez-vous de vous-même. N'é-
touffez jamais, mais n'écoutez pas
toujours la voix de votre cœur. Le
Ciel, en vous donnant la fenfibilité,
vous fit un préfent auffi beau qu'il
eft facile à corrompre. Conferves-
le digne un jour de l'Hymenée.
que l'Honneur, fon plus grand prix,
vous foit cher & facré ! L'Honneur
vous affurera l'empire fur nous.
Votre triomphe, pour être complet,
ne demande pas feulement que nos
yeux foient épris de vos charmes...
Ils le font auffi de l'être imaginaire
qu'un habile artifte a peint......
Votre gloire n'eft parfaite qu'autant
que notre cœur eft touché. L'Honneur feul peut vous mériter cette
victoire. C'eft à l'Honneur que nous
rendons nos hommages & les ar-
mes. L'Honneur eft le plus bel ornement, la plus belle fleur qui puiffe

parer une fille.... mais, auffi, il eft
femblable au rang de perles qui fer-
vent à relever l'albâtre de fon col.
Une perle , une feule détachée....
les autres fuivent.... l'ornement
eft détruit.

AMANS emportés, modérez auffi
l'ardeur de la paffion. N'abufez pas
de la foibleffe du cœur qui en eft
l'objet. Refpectez-la. Défendez la
même. Aujourd'hui un crime , elle
deviendra un jour un devoir. Ne
touchez pas , avant le tems, à ce
fruit délicat. Cueilli trop tard , il
n'infpireroit que du dégoût;trop tôt,
il donnera de la répugnance.

IMITÉZ la conduite du Berger
attentif. A-t-il apperçu une fleur
qu'il prévoit devoir être un jour digne du fein de fa Bergere ? Il attend , quoiqu'avec impatience ,

qu’elle ait acquis toute fa beauté.
Il imagine mille moyens, il em-
ploie toute fon induftrie pour en
feconder les progrès. Tantôt il arrache d’une main adroite les herbes
d’alentour. Tantôt il commande à
fon chien d’en écarter les moutons
friands.La nuit, il lui donne un abri.
Le jour, il éloigne tout ce qui la
déroberoit aux rayons du foleil.Loin
d’elle, il en eft inquiet. Près d’elle,
il en eft encore inquiet. Il a toujours
l’œil fur elle. Il ne penfe qu’à elle,
& à celle qui en eft l’objet. Bientôt
on le voit fauter de joie autour
d’elle, lorfqu’elle femble lui fou-
rire en s’épanouiffant. Enfin, tout-
à-fait éclofe, fi c’eft une rofe, les
épines, qui la défendent, ne font
pas capables d’arrêter fes doigts. Ils
pénétrent,malgré leurs pointes,mais
non fans quelques plaies, jufqu’à

fa tige, la coupent, & l'enlevent d'entr'elles. Il court la porter auffi-tôt à fa Bien-Aimée, qui rougit en le voyant. Après quelques difficul-tés, il en obtient de placer lui-mê-me fon préfent au milieu des Lys de fon fein, qui paroît s'ouvrir pour le recevoir. Une plus précieufe fa-veur eft le prix de fon attention. Il reprend fes Rofes fur les joues de la Bergere, qui, fe défendant pour être vaincue, ne les détourne que pour offrir fa bouche vermeille à la bouche amoureufe du Berger.

QUE les faveurs que l'Amour a méritées font précieufes auffi, alors que L'HYMEN les. rend légitimes! Le plaifir eft parfait quand il eft pur. Qu'il eft doux de pouvoir dire en le goûtant ! » La Vertu même le » partage avec moi ».

IL eſt des mortels plus à plaindre encore que ceux que nous avons déja vu. Leur conſcience n'a rien à reprocher à leur cœur; & leur cœur eſt livré au déſeſpoir. Ce ſont les victimes des préjugés & de la politique : ceux que la néceſſité ; que l'inégalité des conditions ; que la tyrannie de leurs Parens, ou de leurs ſupérieurs ; forcent à ſacrifier leurs inclinations (quels droits devroient être mieux gardés ?) à des bienſéances chimériques, à des devoirs barbares. L'HYMENÉE les reçoit, à regret, dans ſon Temple ; arroſe de larmes, avec eux, le Cyprès qu'elle leur donne ; tâche de les conſoler. Mais que L'HYMEN ſans l'Amour, touche bien peu le cœur !

AUSSI que d'affreuſes cataſtrophes ſuivent ces alliances injuſtes !

La France elle-même, où l'Amour paroît avoir assuré aux cœurs leur liberté & leur bonheur, en fournit cependant des exemples dont le récit seul révolte encore les ames sensibles.... O vous à qui la Nature & les Loix ont accordé quelques droits sur vos semblables : la Nature & les Loix en ont aussi accordé à vos semblables sur vous. N'abusez pas des vôtres : ne violez pas les leurs. Rappellez-vous l'Histoire de Gabrielle de Vergi..... Trop soumise aux desseins politiques de son pere, elle laissa prendre à Fayel sa main qu'elle réservoit pour Couci. L'Hymen & l'Amour rivaux se disputerent son cœur vertueux & tendre. Que ce combat fut funeste à tous deux ! Fayel, furieux de jalousie, médite une vengeance inouie. L'exécution suit de près. Le barbare Epoux ouvre lui-même le flanc de son rival ; fouille dans ses entrailles fumantes ; y cherche avec impatience, en arrache sans pitié son cœur ; se fait un plaisir d'en préparer un mets pour sa fidele Epou-se.... (*a*) Tirez vous-même les conséquences de ce trait. Ma plume m'échappe ; & ma main tremblante refuse de la conduire.

TRANSPORTÉS par un faux zele, & ne jugeant des choses que d'après leurs excès ; il est d'autres mortels qui regardent le sentiment comme une foiblesse, & le plaisir comme un crime.

ARRETEZ..... Vous n'avez pas vu le beau côté du Temple que

____

(*a*) *Voyez* les Tragédies nouvelles de MM. d'Arnaud & Dubelloy, sur ce trait d'Histoire.

vous fuyez. Si vous rendez la Nature esclave de la superstition; toujours prête à se révolter sous la main pas assez puissante de son Tyran, elle vous causera beaucoup plus de maux que ceux que vous voulez éviter. Votre conscience, dont vous croyez vous rendre amis, murmure de ce que vous vous dérobez à votre Patrie. . . . soyez Citoyens. . . . A ce nom n'entendez-vous pas la Vertu applaudir. Voyez avec quel air riant elle vient à vous. Elle n'a pas ce visage sévere que vous lui donniez. Loin de vous faire des menaces, de vous interdire tout plaisir, elle vous crie : » le Bonheur » est au sein d'une Famille vertueuse. » Il est dans les sourires de deux » Epoux, dans les caresses que d'ai- » mables enfans leur prodiguent. Il » consiste à mériter les doux noms

» d'Epoux, de Pere, de Mere, de
» Fils, de Citoyen.....» Vous re-
gretterez un jour de les profaner
en les donnant à des Etres qui n'en
font point dignes. Un jour, mieux
inftruits, mais inftruits trop tard,
vous jetterez, en gémiffant, à travers votre voile fans doute impor-
tun alors, vos regards languiffans
fur le Temple de L'HYMEN. Vous
deviendrez jaloux de ceux que vous
verrez y entrer. Votre corps, même,
partageant les tranfports naturels
de votre cœur, s'élancera pour les
fuivre.... Une barriere odieufe
s'oppofera à fes juftes efforts.....
Je n'ai point de termes qui puiffent
exprimer la douleur qui hâtera dans
la fuite la mort trop lente encore
pour vos defirs.

POUR vous, en qui l'Amour n'a

pas encore allumé les feux de L'HY-
MEN : un jour, & peut-être en voyez-
vous déja la brillante aurore, un
jour vous aimerez. ... Vous balan-
cerez alors aussi entre les excès op-
posés de cette passion. Qu'elle est
aimable ! Rien ne peut vous en dédommager, si vous en saisissez le
juste milieu, si difficile à trouver, plus difficile encore à garder.
Je sçais un Couple qui pourroit
vous fixer au point qui sépare
les deux abîmes. Puisse l'histoire
naïve de ces deux Epoux déterminer
votre incertitude !

O EXEMPLE ! tu es si puissant !
Sous les auspices de la Vertu, ne
pourrois-tu pas réparer les maux que
tu a causés sous celles du vice ?

LE TEMPLE

DE L'HYMEN.

§. VIII.

DouÉ d'un heureux caractere, pourvu de fensibilité, Candor avoit atteint cet âge où l'homme, s'appercevant enfin de fon exiftence, ceffe de végéter & commence à vivre. Son cœur, cependant, fembloit avoir perdu à fe connoître mieux. Il ne jouiffoit plus du calme que les ténebres de l'enfance avoient favorifé en lui jufqu'alors. Un mouvement involontaire, des defirs importuns l'agitoient fans ceffe. Loin d'étouffer ces defirs naiffans, & de s'en faire autant d'ennemis irréconciliables : il les reconnut, à leur innocence, pour la voix de la Nature;

& crut pouvoir suivre sans danger, des penchans sans crime. Il s'en laissa conduire, & se vit bientôt auprès de ce sexe qui fait le bonheur de tous ceux en qui, comme dans Candor, la Nature, sous les yeux de la Raison, conduit l'Amour vers la Vertu. Candor étudia avec plaisir ce nouveau monde, qu'il ne quittoit déja plus qu'avec peine. Il saisit quelques rapports, approfondit la différence des caracteres. Mais ces objets ne faisoient que l'occuper, sans le fixer.

On remarquoit une conduite à peu-près semblable dans Sophië qui, moins belle qu'attrayante, touchoit plus qu'elle ne plaisoit.

Candor vit Sophie & ne vit plus qu'elle. Sophie vit Candor & ne vit

plus que lui. . . . Déja tous deux
font Amans de tous deux.

LE filence eft gardé pendant
quelque tems. La Pudeur, d'un
côté ; de l'autre, la crainte de la
choquer, défendent à l'Amour de
réveler fon fecret qui pefe beaucoup fur le cœur des deux Amans.

LE paffionné Candor ne peut
plus commander au fien. Le doute,
où il flotte, eft pour lui un tour-
ment trop cruel. Le deftin de Candor dépend de Sophie ; & Sophie n'a
pas encore appris, de fa bouche au
moins, que Candor eft fon amant:
Candor ignore auffi fi Sophie l'aime.

POUR Sophie, elle eft plus mo-
dérée ; & ne fe livre pas avec autant
d'impétuofité à la paffion naiffante :

Elle fait plus que de douter : elle craint.

TELLE est la conduite prudente de la Nature. L'homme, plus capable dans la suite de maîtriser l'Amour, s'y livre d'abord sans retenue. Le sexe est plus difficile d'abord, parce qu'il sera plus facile avec le tems.

ENFIN une heureuse circonstance a calmé la juste inquiétude du Couple charmant. Ils s'aiment & n'en doutent plus. L'air craintif, le maintien embarrassé, la voix tremblante, le regard enflammé de Candor ont prouvé à Sophie, bien mieux que ses discours, la sincérité de son aveu. » Mets ta main sur mon cœur : » sens-tu comme il palpite ? » reprend tout-à-coup Candor ; désespéré de ne trouver point de termes

qui rendent toute fa tendreffe. L'é-
pais voile de pourpre qui couvre en
ce moment le front de Sophie ; le
filence éloquent qui lui coûte tant ;
fes yeux, qui paroiffant toujours
fixés à terre, fe levent cependant
à la dérobée fur Candor ; l'ont affez
inftruit que fa flâme ne brûle pas
envain.

MAIS ils n'ont pas encore levé
toutes les difficultés. Libres de s'aimer, (qui peut empêcher l'amour ?)
Leurs cœurs ne le font pas de s'unir.
Peut-être appartiennent-ils à des
Tyrans infenfibles ? Peut-être facri-
fiera-t-on leur bonheur à l'opulence,
ou à l'élévation de leurs familles
ambitieufes.

QU'ILS font heureux ! ils n'ont
pas à craindre ces procédés fi injuf-
res & fi communs.

LES

LES parens de Sophie poſſedent quelques richeſſes. Mais les ayant acquiſes avec droiture, ils en diſpoſeront avec ſageſſe. Ils eſtimeront Sophie au comble de ſes vœux, ſi ſon cœur & ſes tréſors peuvent lui mériter un cœur vertueux : dot bien plus précieuſe à leur yeux que la dot la plus riche.

LES parens de Candor ont des titres ; mais, loin de s'en prévaloir, la véritable nobleſſe pour eux eſt celle qui eſt gravée dans l'ame, & non ſur l'airain. Tous les hommes avec la probité leur paroiſſent leurs égaux. Qu'ils applaudiront bien-tôt leur fils du choix qu'il a ſçu faire ! Que Sophie leur paroîtra d'une naiſſance bien élevée, l'ayant reçue de la Vertu même !

H

Mais déja l'amour de Candor & de Sophie a rapproché leurs respectables familles, & n'en a fait qu'une seule. Leurs parens, devenus amis auffi inséparables, qu'ils font inséparables amans, tréfaillent de joie. Ils femblent renaître & redevenir amans eux mêmes. Leur bonheur, pour être parfait, n'attendoit que cette époque.

Candor & Sophie fe livrent dès-lors fans réferve à leur tendreffe; leurs fages parens en confirment la pureté; leur en font même un devoir. Que ce devoir fera doux & facré pour eux! Jamais ils n'auront été fi foumis.

Le tems & quelques autres épreuves, ont affez affure la conftance de leurs feux. Ils ne peuvent

plus croître. Ils ne pourroient peut-
être durer davantage sans aliment.
Aussi se hâte-t-on de conclure L'HY-
MENÉE.... Le jour en est fixé.
Candor l'apprend avec transport,
& l'attend avec impatience. Sophie
en agit de même sous des dehors
moins apparens. Déjà la veille commence à luire. Candor voudroit
qu'elle cessât en même tems. A ses
desirs satisfaits, succedent toujours
des desirs à satisfaire.

LE jour le plus précieux de la
vie de Candor & de Sophie luit enfin. Il seroit le plus triste d'hyver :
ces deux amans le trouveroient le
plus beau de printems. L'aurore
à peine en a paru, qu'elle trouve
déja le bouillant Candor auprès de
la tremblante Sophie qui le reçoit
avec une émotion beaucoup plus

vive que les précédentes. Tout, cependant, eſt préparé, ou ſe prépare
encore autour d'eux pour la fête.
Toute la maiſon eſt en déſordre.
Candor n'y contribue pas peu. Ordinairement ſi affable; il eſt, ce jour,
comme un emporté. Les valets ne
peuvent ſuffire à ſes ordres multi-
pliés. Souvent ils ſe trouvent pré-
venus par Candor lui-même, qui
leur reproche leur lenteur. Il reprend auſſi & accuſe de peu de
goût celles qui ſont occupées à parer ſa Sophie. Il ne trouve aucun
de leurs ajuſtemens aſſez beau pour
elle; il veut en choiſir lui-même; ils
ſont ſouvent pires : mais le ſourire
de Sophie, pour qui tout de ſa main
eſt précieux, l'aveugle ſur ſes fau-
tes, ou les lui rend cheres. Lui-
même veut parfumer ſes beaux che-
veux; lui-même veut les treſſer, les

parsemer de roses. Aussi ardent à
souftraire aux autres yeux les charmes de Sophie, qu'il le fera bientôt
à les découvrir aux siens ; lui-même
l'aide à se couvrir de ses riches vétemens. Sophie n'a pas la force de repousser ses soins. Il arrache avec
violence la Couronne nuptiale
qu'une autre main que la sienne
vouloit poser sur sa tête.... Mais
l'heure avertit d'aller au Temple.
Mille spectateurs attendent déja Sophie qui y est portée plutôt que
conduite entre les bras de sa mere.
Candor, les yeux pétillans, ne peut
contenir sa joie. Insensible aux
complimens qu'on lui fait si hors
de propos, il ne voit que Sophie ;
ne pense qu'à Sophie. Qu'il est content ! le choix de son cœur est una-
nimement applaudi. A peine peut-
il percer la foule qui environne &

admire Sophie.... Le couple aimable est enfin au pied de l'Autel; on croiroit y voir l'Amour & l'HymenÉe qui réunissent leur flambeaux, & se promettent un accord inviolable : la Vertu en est le garant : le Bonheur en sera le prix, Candor troublé peut à peine passer l'anneau conjugal dans le doigt de son épouse. Qu'avec transport il serre dans sa main brûlante la main incertaine de Sophie qui s'efforce, en rougissant, de la dégager ! Son cœur ému lui dit cependant assez qu'elle ne peut être mieux. Candor est tenté d'en approcher ses lévres : il la presse au moins contre lui ; & ne se résout qu'avec peine à la quitter. Il ne peut s'empêcher de sourire à la demande du Ministre : *s'il sera fidele ?* son cœur bat, bat précipitament ; & voila sa réponse. So-

phie lui rend le réciproque. La nom-
breufe affemblée regagne la maifon
de nôces, frappée encore de ce fpec-
tacle attendriffant. Les parens des
époux pleurent de joie : les vieillards
fentent tout le prix de la vie qu'ils
vont quitter : les amans & les jeunes filles foupirent tout bas & ne
perdent point de vue les nouveaux
mariés : les enfans, même ,' plus
gais que de coutume , paroiffent
entrer dans cette fcene. Mais bientôt le feftin appelle les joyeux convives qui fe mettent à table par
ordre. Candor, qui n'y peut-être
affis auprès de Sophie , fe place au
moins devant elle. Que de geftes
expreffifs alors entr'eux ! que de
coups-d'œil tendres ! ils n'entendent
pas les propos badins qu'on tient autour d'eux fur leur compte. Ils font
affez occupés à s'entendre & à fe ré-

pondre. Ils mangent peu : Amour
les foutient affez. Sophie ne touche
qu'à ce qui lui a été fervi par Candor, qui fe trouve très-heureux d'en
attraper les reftes.... Le repas fini
& couronné par plufieurs rondeaux
malins, le fon cadencé des inftru-
mens invite la jeuneffe à la danfe.
Que ces paffages de plaifirs en plaifirs font infupportables pour Candor, & peut-être pas moins pour
Sophie qui n'en dit mot ! Qu'ils cal-
ment cependant leur jufte impatience ! le jour commence à baiffer:
déja les objets ne fe diftinguent que
foiblement : il faut avoir recours
bientôt à une lumiere artificielle :
la nuit couvre tout enfin de fes
voiles les plus épais : bien vite au
gré des Convives, bien lentement
au gré de Candor au moins, qui a
compté tous les inftans. Les heures
multipliées

multipliées mettent le terme aux plaïfirs bruyans, & en commencent d'autres plus tranquilles, bien plus piquans auffi. Les deux familles font reftées feules : les parens de Sophie l'entraînent vers Candor qui, déja tout difpofé, l'attend & ne vit plus qu'en elle. . . . Candor & Sophie font enfin l'un à l'autre. . . .

L'HYMENÉE me défend de réveler fes myfteres. D'ailleurs le pourrai-je ? On ne peut peindre ici : on ne peut que fentir. un habile Artifte n'a pu rendre dans un tableau les douleurs d'un pere témoin du facrifice de fa fille (*a*). Mon fujet

______

(*a*) Agamemnon, preffé par l'Oracle, laiffa immoler Iphigénie, fa propre fille, pour appaifer les vents contraires qui retenoient fa Flotte prête à le conduire dans fa Patrie, après la prife de Troye.

Un Peintre de l'Antiquité prit pour fujet ce trait d'hiftoire. Ne fachant comment rendre le perfon-

me donne bien moins d'efpérance.
Faifons comme lui avec plus de raifon : couvrons ce que nous ne pourrions exprimer d'un voile qui le
faffe au moins imaginer.

BIEN différente de ces alliances
honteufes qui ne font jouir un inf-
tant que pour défefpérer toujours
dans la fuite : L'HYMENÉE, aux plaifirs vifs, en fait fuccéder d'autres
non moins fatisfaifans pour les
cœurs qui fçavent les goûter. Candor & Sophie ne l'ignorent pas. Ils
ne l'ont pas appris de ces Epoux
qui, par mauvais penchant ou par
mode, fe féparent, auffitôt après la
jouiffance, pour fe replonger dans
l'abîme du libertinage ou des ri-

____

nage du pere & défefpérant de pouvoir exprimer fa
douleur, dans toute fa vérité ; imaginade le peindre,
le vifage couvert d'un mouchoir ; laiffant aux fpec-
tateurs à fentir ce qu'il ne pouvoit qu'indiquer.

dicules, dont ils ne s'étoient tirés que pour y retomber impunément... Nos Epoux le font pour plus d'un jour; & n'en rougiffent point... Un nouveau lien vient même les ferrer encore plus étroitement. A l'amour conjugal, fe joint l'amour paternel & maternel. Déja Sophie croît reconnoître quelques traits de Candor; Candor, quelques traits de Sophie dans ceux de deux aimables enfans que le Ciel leur envoie. Ces autres eux-mêmes (ils ne les regardent pas autrement) font le feul objet de leurs plus férieufes occupations. Leur plaifir eft d'en recevoir les careffes : leur bonheur, de faire le leur. A l'envi l'un de l'autre, ils mettent toutes leurs attentions à écarter les nuages qui pourroient rendre obfcur, & peut-être funefte le jour qu'ils leur ont donné. Sophie leur prodigue ſes ſoins la premiere, Jalouſe & flattée de ſon nouveau titre de mere, elle veut que ſes enfans, à peine ſortis de ſes flancs, trouvent leurs berceaux dans ſon ſein. Bien loin de les confier à ces marâtres à gage qui, les entraînant loin d'elle, n'auroient pour eux d'égards qu'autant qu'on en auroit achetés. Et peut-on en acheter aſſez pour ſuppléer à ceux d'une mere? La Nature n'a pas de prix. Ses enfans ont reçu d'elle la vie; Sophie veut auſſi qu'ils puiſent la ſanté & la force dans ces deux ſources de lait, dont ſes mamelles ſont dépoſitaires : leur inutilité les auroit changé pour elle en deux ſources de poiſon. Cette éducation ayant rendu robuſte de bonne heure le corps de ſes enfans, Candor réclame ſes droits & ſes devoirs de pere, pour l'animer d'une ame qui puiſſe leur en montrer le digne uſage. »Mes enfans, leur répete-t-il ſouvent avec bonté, » fermez les » yeux aux tréſors de l'intérêt : que » vos bienfaits ſoient vos richeſſes.! » A l'éclat des grandeurs ; n'embi- » tionnez que le titre de pere des » infortunés : en eſt-il chez les Rois » qui lui ſoit préférable ? Aux char- » mes des plaiſirs : ne goûtez que » celui de faire des heureux ». Aux préceptes il joint ſouvent l'exem- ple, ſouvent ſon propre exemple.... Candor & Sophie ſont bien récom- penſés de leurs travaux. Leurs en- fans n'ont réclamé qu'eux ; ils n'ont été aſſiſtés que d'eux : à eux ſeuls auſſi ils prodiguent leur tendreſſe. Ils en ont reçu tout : ils leur ren- dent auſſi une entiere reconnoiſſan- ce : ils ne jettent leurs premiers cris que pour l'exprimer : leur voix foible encore, mais l'organe d'un cœur déja fenfible, bégaie avec joie les noms de pere & de mere : ils ne les profanent point en les adreffant à ces viles mercenaires qui font un commerce de la tendreffe. Sophie ne les arrache pas de force, & tous pleurans du fein d'une étrangere: le fien a toujours été leur azile af-furé, leur féjour chéri. Elle n'en eft pas méconnue, repouffée. Elle n'em-ploie pas la force pour faire parler la Nature, qui fe vange du mépris qu'elle a reçu. La Nature en a tou-jours été écoutée. Candor n'eft point retenu dans fes délicieux épanche-mens par ce doute cruel : s'il em-braffe fes propres enfans.... Mais la raifon vient développer les fen-timens de leur cœur. Leurs careffes, moins vives, moins féquentes, font plus vraies. Sophie & Candor croient revoir leurs beaux jours dans ceux de leurs enfans : la jouiſſance de leurs enfans les fait auſſi jouir : & ils ne ceſſeront d'être heureux qu'en ceſſant de vivre. Ou plutôt, le Ciel qui réſerve un prix à la Vertu, ne leur fera trouver dans leur mort, qu'un paſſage d'une vie déja heureuſe, dans une ſeconde vie plus heureuſe encore.

C'EST à toi qu'ils doivent leur bonheur, HYMEN, ô HYMENÉE... Tu es cette chaîne inviſible, dont la main bienfaiſante de l'Eternel tient le premier anneau ; & l'Homme, le dernier.... Par toi, nous avons été tirés des tréſors céleſtes pour deſcendre habiter cette terre. Par toi, l'Etre des êtres nous envoie tout ce qui peut nous en rendre le ſéjour heureux. Par toi, nous méritons de remonter vers notre origine, pour y gouter en subftance ce que tu nous a montré, en fonge, dans le fommeil de la vie.

O HYMEN ! ô HYMENÉE ! que je puiffe entrer bientôt dans ton TEMPLE ! t'y trouver ROSE !...& mon cœur réalifera ces peintures de mon imagination.

F I N.

QUE LA VERTU

EST PUISSANTE!

ANECDOTE VÉRITABLE.

CETTE Piece eſt la ſuite néceſſaire de ce qui précede : elle offre la peinture naïve & touchante de deux Epoux ſouriant encore ſous la main cruelle de l'adverſité. Les charmes de L'HYMENÉE les rendent inſenſibles aux coups de la Fortune.

QUE LA VERTU
EST PUISSANTE!

Anecdote véritable.

AMOUR, le plus pur amour avoit uni, depuis quelque tems, sous les aimables loix d'un heureux HYMEN, la vertueuse SOPHIE & le sage EMILE.

LE Ciel, d'abord propice aux vœux de ces tendres Epoux, ne leur avoit refusé aucune de ses faveurs ; mais bientôt après, par un dessein que nous admirerons dans la suite, il sembloit leur avoir retiré sa main bienfaisante. Depuis un an, tout leur étoit contraire ; rien ne leur

réuſſiſſoit. Leur nombreux troupeau
leur fut enlevé par une cruelle ma-
ladie : un ſoufle glacial fit avorter,
dans leur naiſſance, leurs précieuſes
moiſſons : la grêle déſola leur vi-
gne, & les fruſtra de toute eſpé-
rance.

DÉPOUILLÉ de tout, EMILE, le
robuſte EMILE, avoit eu déja recours à la ſeule reſſource qui lui
reſtoit. Ses bras forts & nerveux,
employés aux travaux des autres,
lui fourniſſoient de quoi ſoutenir ſa
chere famille.... SOPHIE l'avoit
déja rendu pere de deux aimables
enfans.

AU milieu de tous ces revers, ils
étoient encore heureux.... La Vertu
ſuffit pour l'être. Celui qui la poſſede
poſſede un tréſor. Il eſt toujours riche avec elle. Tant qu'il la conſerve,

il n'a perdu rien encore.... Aussi
la Fortune ne peut rien sur lui : il
est toujours à l'abri de ses coups.
Qu'elle change à son gré, & suivant
son caprice, qu'elle change tout,
autour de lui ! il reste toujours le
même : il n'en est pas plus troublé.

Bien-plus, de leurs infortunes,
même, ces tendres Epoux sçavoient
tirer de quoi ajouter encore à leur
bonheur.... Emile se croyoit heureux d'être malheureux avec Sophie ; Sophie sembloit ne pas sentir tout le poids de ses peines....,
qu'elle partageoit avec Emile.

L'Amour, même, loin d'y perdre de ses feux, n'en devint que
plus ardent. Ces malheurs les ren-
dirent plus chers encore l'un à l'autre. Sans de telles épreuves, ils
n'auroient point connu tout leur

prix. Auſſi jamais SOPHIE n'avoit paru ſi belle à ſon cher EMILE; EMILE n'avoit jamais tant plu à SOPHIE : jamais ils n'avoient été ſi vertueux; jamais auſſi ils ne s'étoient tant aimés.

TOUS les jours, après ſon travail, à ſes heures de relâche, EMILE voloit rejoindre ſa SOPHIE, en qui tous les jours auſſi il retrouvoit de nouveaux charmes. Aſſis alors auprès d'elle, devant ſon triſte foyer, ſous le chaume de ſa pauvre cabane & balançant ſur ſes genoux un de ſes enfans, tandis que l'autre pendoit à la mamelle de ſa mere; il oublioit ſes fatigues : ou s'il ſe les rappelloit; qu'elles lui paroiſſoient douces & précieuſes, puiſqu'elles lui méritoient un doux regard, un tendre ſourire de ſa SOPHIE! Tranſporté

alors

alors par le plus agréable délire,
rien ne l'inquiétoit ; rien ne lui fai-
soit envie : il étoit auprès de Sophie ; il ne pouvoit s'imaginer un
fort plus doux : il auroit dédaigné
un trône, si on lui eût offert.

    » Que le Seigneur de notre vil-
» lage m'offre son bien, ses titres;
disoit Emile à Sophie ; » qu'il me
» propose de me rendre son égal :
» & que pour prix de ses bienfaits,
» il veuille me séparer de toi, chere
» Epouse!... Laissez-moi ma So-
» phie, lui répondrai-je.... Con-
» damné à la condition la plus
» dure ; Sophie m'aime..... Je suis
» peut-être plus heureux que vous...
» Sophie m'attend.... Bientôt je
» vais la voir accourir au-devant de
» moi, & précipiter les pas encore
» tardifs & incertains de son pre-

» mier né, pour arriver plutôt :
» je vais sentir son sein palpiter
» contre le mien.... Je regagnerai
» ma chaumiere entre ses bras. ...
» J'y trouverai un repas tout pré-
» paré..... Je le partagerai avec
» elle. ... Avec elle aussi je parta-
» gerai les douceurs d'un repos tran-
» quille. ... Un doux baiser m'a-
» vertira le lendemain que l'heure
» du travail approche. ... Bientôt
» je la quitterai encore une fois...
» mais pour la rejoindre encore une
» fois. ... Suis-je donc si malheu-
» reux ?. .. »

» Non, cher Emile, reprenoit
Sophie, d'un air attendri.......
» Le Ciel nous est encore assez pro-
» pice, puisqu'il nous conserve l'un
» à l'autre. Qu'il nous ait enlevé
» nos biens ! Il nous laisse à nous-

» même. . . . Pourrions nous être
» sensibles à toute autre perte ? »

LA vue de leurs aimables enfans ne leur apportoit pas moins de
consolations. Ils n'étoient pas moins
touchés de l'embarras qu'ils remar-
quoient en eux, lorsqu'ils vouloient
leur exprimer en bégayant leur tendresse, & comme les dédommager de
leurs peines & de leurs soins par
mille caresses. Qu'ils prenoient de
plaisir à interprêter leurs volontés ,
à satisfaire leurs desirs, à descen-
dre même jusqu'à leurs jeux innocens ! qu'EMILE étoit content lorsqu'il sentoit les mains tendres & dé-
biles de ses enfans, s'efforcer à l'envi
de presser les siennes endurcies par
les travaux les plus rudes ! SOPHIE
ne se sentoit pas d'aise lorsque son
jeune enfant passoit ses petits bras

autour de fon col & pofoit fes le-
vres fur fa bouche, comme pour la
remercier du bienfait qu'il venoit
d'en recevoir.

AINSI ils faifoient fervir leur mau-
vaife fortune à leur bonheur, qui
ne fut pas cependant exempt de tra-
verfes. Un événement furvint qui
le troubla quelques-tems, & caufa
d'abord les plus grandes allarmes,

EMILE, avant fon HYMEN, n'a-
voit pas été le feul qui fût frappé
des charmes de SOPHIE : beaucoup
d'autres s'étoient auffi efforcés de
lui plaire; fur-tout le fils d'un riche
particulier.

CHRYSAS (c'étoit fon nom) fe
fiant trop fur fa naiffance qui lui
faifoit efpérer de gros biens, avoit
cru fe faire, auprès de SOPHIE, un
mérite de fa fortune.

CE qui avoit paru à CHRYSAS, devoir l'approcher de SOPHIE, fut précisément ce qui l'en éloigna encore davantage. L'or n'avoit jamais eu affez d'éclat aux yeux de SOPHIE, pour pouvoir l'éblouir : elle en connoiffoit trop le prix.

EMILE réuffit mieux que CHRYSAS ; il s'appuyoit de meilleures raifons : un efprit droit, une ame fenfible, un cœur tendre étoit le bien qu'il offroit à SOPHIE. Cette dot lui parut précieufe ; elle écouta volontiers EMILE, crut qu'il méritoit fon cœur, & ne balança pas à fe donner à lui.

CHRYSAS rejetté, & fur qui EMILE avoit eu la préférence; EMILE qui ne poffédoit prefque rien, & qui par conféquent paroiffoit lui être bien inférieur, en devint furieux, & chercha depuis les moyens les plus propres à troubler une si belle union.

Il lui fut aisé de les trouver : il avoit pour pere AKARIAS, un de ces hommes qu’on pourroit proprement appeller le fléau de la Société : un de ces génies étroits ; nés avec une ame basse, sans sentimens, sans honneur ; un cœur dur & insensible : pour qui la bonté n’est qu’une foiblesse ; la pitié, un nom ; le désintéressement, une chimere ; la générosité, une folie. . . . L’intérêt, la seule vertu, la plus belle passion : ambitieux, avares, ignorans, jaloux, envieux : qui ne peuvent jamais se satisfaire ; qui, loin d’en avoir de trop, n’en ont jamais assez, parce qu’ils peuvent en avoir encore davantage, & en qui l'amour du gain se nourrit, s'enflâme par le gain même.

EMILE étoit débiteur d'une somme assez considérable & , qui plus est, en étoit débiteur à cet AKARIAS : ce qui étoit plus que suffisant pour les dessein de CHRYSAS.

MAIS pour combler de malheurs le sort d'EMILE , il devoit encore une année de taille & AKARIAS avoit été nommé Collecteur.

CHRYSAS saisit une si favorable occasion ; il obtint aisément de son pere de remplir sa place & d'aller , en son nom , recueillir ses deniers... « Mais sur-tout ne te laisse pas sot- « tement attendrir. . . Sois ferme... « Sois dur.... Imites-moi, » lui di- soit, en le voyant partir, AKARIAS qui s'applaudiſſoit déja du zele de ſon fils, qui jamais ne lui fut plus cher.

PLUS animé par ſon reſſentiment, que par les avis paternels : (il n'avoit pas encore l'ame propre à les goûter) CHRYSAS ſe hâta d'accomplir ſon deſſein.

IL arrive, lui & ſon indigne cohorte, à la pauvre habitation du malheureux EMILE : la porte en étoit ouverte, & déja ſes gens avides étoient entrés, & menaçoient tout. CHRYSAS ne les ſuivit pas auſſitôt. Le ſpectacle, qui ſe préſenta à lui, devint une barriere qu'il n'oſa franchir d'abord. La vue de SOPHIE lui fit oublier les leçons d'ACARIAS.

ALLARMÉE de tout ce qui ſe paſſoit, SOPHIE, la tremblante So-
PHIE

PHIE s'étoit jettée entre les bras de son époux : son sein, demi-découvert, offroit alors à un de ses enfans une mamelle abondante ; tandis que l'autre sommeilloit paisiblement auprès d'elle. Une pâleur mortelle s'étoit répandue en même-tems sur tout son visage ; & en avoit effacé les vives couleurs. Ses yeux, languissans & abbattus, erroient d'EMILE à ses enfans ; de ses enfans sur EMILE. Des larmes pressées en sortoient avec abondance, & achevoient de peindre ce tableau touchant.

Ç'EN étoit fait de CHRYSAS ; il étoit désarmé : mais la cohorte forcenée ne le laissa pas longtems dans son ravissement, & le fit bientôt ressouvenir de l'objet de sa démarche.

L

CHRYSAS, comme malgré lui, permit enfin à ses gens, après les formalités ordinaires, de s'emparer du peu que contenoit sa demeure : il n'en fut pas désobéi. A peine eut-il parlé, qu'ils mirent aussitôt la main sur tout. Tout fut enlevé en un instant : ils n'y laisserent rien ; rien n'y fut oublié. La maison se trouva vuide d'un clin-d'œil.

UNE ville rebelle qui se seroit défendue avec opiniâtreté & qui auroit fait succomber, avant que de succomber elle-même, un grand nombre de ses assaillans ; n'auroit pas souffert un pillage plus complet.

CES inhumains pousserent jusques-là leur acharnement qu'ils se saisirent même d'un vaisseau de terre dans lequel chauffoient les

alimens des deux enfans, renverse-
rent sans égard la précieuse nour-
riture qu'il contenoit, & l'empor-
terent.

SOPHIE en fut évanouie. EMILE,
jettant un regard amer sur CHRY-
SAS, s'écria : » prends-leur plutôt la
» vie.... cette vie que nous ne pou-
» vons plus leur conserver, puisque
» tu nous fais enlever jusqu'à ce
» meuble. ... »

LA douleur ne lui permit pas d'en
dire davantage. SOPHIE , revenue
un peu de son abattement, tomba
alors aux pieds de CHRYSAS & lui
adressa ces paroles flatteuses : » Vous
» êtes né généreux : votre cœur est
» sensible.... Quel objet plus ca-
» pable de le toucher ? Graces au
» Ciel ! continua-t-elle; vous vous

» laiſſez attendrir. Vos yeux m'inſ-
» truiſent des mouvemens de votre
» belle ame. .... Ah ! je la vois qui
» s'intéreſſe à nos maux. »

SOPHIE , à genoux , les bras ten-
dus, le viſage baigné de larmes ,
les yeux baiſſés, une aimable rou-
geur ſur le front , offroit en même
tems le ſpectacle le plus attendriſ-
ſant.

CHRYSAS n'y put réſiſter : il répondit à SOPHIE , en la relevant :
» N'en doutez pas, belle SOPHIE,
» vous m'avez toujours été chere :
» je veux aujourd'hui finir vos pei-
» nes, & commencer votre bonheur».

» JE n'en attendois pas moins de
» vous. » reprit SOPHIE. .. » Le di-
» gne homme ! » continua-t-elle en

ferrant la main de son époux....
» Mes chers enfans, ce n'est plus à
» moi qu'il faut adresser vos ca-
» resses.... Voici votre bienfai-
» teur : vous lui devez tout.... Dis-
» posez de mon cœur, généreux
» mortel.... Il est tout à vous. »

Ces dernieres paroles, surtout,
rallumerent les desirs mal-étouffés
de son ancienne passion : il osa concevoir d'heureuses espérences des
circonstances présentes : il crut pouvoir en profiter ; & s'approchant de
SOPHIE, lui dit d'une voix basse,
mais passionnée : » Belle SOPHIE,
» puisque ton cœur n'est pas ingrat,
» refusera-t-il de rendre heureux
» celui à qui il doit son bonheur?...
» Chere amie, à mes bienfaits je
» joins encore mon fidele amour.

» N'ai-je pas mérité les faveurs que
» j'espere.... C'est à ces conditions,
» ce n'est qu'en répondant à ma flâ-
» me, que.... Mais tu pâlis & de-
» meures interdite !... Pourrois-tu
» balancer ?... Ton choix ne doit-
» il pas être tout fait ? »

» IL l'est aussi, méchant, lui répondit SOPHIE, en courant se jet-
ter aussitôt entre les bras de son
Epoux. » Soyons malheureux, cher
» EMILE.... Nous ne pourrions
» cesser de l'être, qu'en cessant d'ê-
» tre innocens.... Nos biens nous
» couteroient notre vertu.... Le
» plus précieux de nos tréfors. Ah !
» cruelle alternative.... Cher époux,
» chers enfans.... Un crime vous
» sauveroit... Mon innocence vous
» perdra.... que faire ?... Vous

» ceſſez d'être pour moi…. ou je
» me rends indigne de vous .. Ciel!
» inſpire-moi….. Périſſons…..
» victimes de nos devoirs…. Pour-
» rions-nous vivre… & rougir de
» notre exiſtence ? »

Un morne ſilence ſuivit ce diſ-
cours…. CHRYSAS tomba dans une
profonde extaſe….. Son cœur ,
jeune encore, n'avoit pu parvenir à
cette dureté qui réſiſte à tout. …
Le remord avoit encore priſe ſur
lui…. Quelques-tems après il re-
vint enfin de ſa létargie : & s'écria en
frappant ſa poitrine…. » *Que la*
» *Vertu eſt puiſſante !* … Elle triom-
» phe, même de l'Amour… Aima-
» ble couple, raſſurez-vous. … Vo-
» tre conduite a changé mon cœur :
» il admire votre fidélité : il déteſte ,

» plus qne vous, peut-être, l'outrage
» qu'il vous a fait. Permettez-lui de
» la réparer. Son bonheur dépend du
» votre... Qu'il puiſſe y contribuer!...
» recevez ce préſent : c'eſt un hom-
» mage qu'il rend à la Vertu. Vos
» biens vont vous être rendus....
» avec une grande partie des
» miens.... Vous aurez toujours
» mon eſtime toute entiere... puiſ-
» ſé-je mériter un jour la vôtre! »

IL les quitta en les admirant,
les combla de bienfaits., & ne ceſſa
dé leur donner dans la ſuite les
marques de la plus parfaite conſi-
dération.

EMILE & SOPHIE n'en devinrent
que plus attachés l'un à l'autre,
n'en devinrent que plus heureux.

ET nous, admirons les deſſeins

de la Providence : elle garde toujours un prix pour la Vertu. Si quel-
quefois elle permet qu'elle foit
perfécutée. ... C'eft pour lui donner un nouvel éclat, en la faifant
triompher (*a*) de ceux même qui
l'oppriment.

____

(*a*) Les Sarrafins vainqueurs dépoferent leur
fceptre aux pieds de Louis IX chargé de leurs fers.

F I N.

www.ingramcontent.com/pod-product-compliance
Ingram Content Group UK Ltd.
Pitfield, Milton Keynes, MK11 3LW, UK
UKHW022306070726
13614UKWH00002B/573